KB172497

그 골목길에서 당신을 기다릴 거예요

공주 골목길 포토에세이

그 골목길에서 당신을 기다릴 거예요

초판발행 2024년 1월 25일
초판2쇄 2024년 3월 15일

저 자 석미경
사 진 박인규

발 행 인 이순옥
발 행 처 도서출판 문화의힘
등 록 364-0000117
주 소 대전시 동구 대전천북로 30-2
전 화 042-633-6537
팩 스 0505-489-6537

ISBN 978-89-984312-9-5

값 24,000원

공주 골목길 포토에세이

그 골목길에서 당신을 기다릴 거예요

석미경

도서출판 문화의 힘

당신의 마음에
'따사로운 온기'로 남는
공주 골목길 산책을 꿈꾸며
柳宇星
류

그 골목길

나태주

고삐 풀린 아이들도
여기 와서는 순해지고

네, 네, 네 고개 숙여
공손히 대답을 할 줄 안다

햇빛도 그래, 그래, 그래
사람의 머리를 쓰다듬고

흔한 풀꽃조차 귀하신 꽃이 되어
사람 보고 웃어준다

대낮에도 꿈을 꾸듯 찾아가는 길
루치아의 뜰 그 골목길

JB
2320

삼화설비공사
파리미용실

한 일 당 약
855-2813853-7467
PHARMA
약
한일당약국
약

추락주의
FALLING

독방 월세
5만원 현위치
011-451-3324

중흥자전거상
T 853-7120
중흥자전거
853-7120

우리, 공주의 골목길에서 만나요

나태주 시인

언제부턴가 공주의 거리가 썰렁해지고 거리의 집들이 비어가기 시작했습니다. 공주 사람들이 공주를 떠나 타지로 이사 가기 시작한 것입니다. 왜 공주 사람들은 이렇게 아름다운 도시, 살기 좋은 동네를 뒤로 하고 다른 곳으로 갈까요? 이유야 나름 있겠지만 섭섭하고 안타까운 일이 아닐 수 없습니다.

이런 차제에 공주에 찾아와 뿌리내린 사람이 바로 이 책의 저자 석미경 씨입니다. 내가 알기로 석미경 씨는 남편이 한국영상대학교 교수로 부임하면서 남편 따라 서울에서 공주로 이사 와 살기 시작한 지 30년이 된 사람입니다.

그런 그녀가 농협 공주시지부 뒷골목 무너져가는 옛집 한 채를 구입해서 '루치아의 뜰'이란 찻집을 낸 것은 2013년경. 오며 가며 보았겠지요. 제민천 길에서 꺾여 들어가 후미진 골목길. 쓰레기 쌓이고 담벼락에 낙서가 있던 골목길. 그 골목길 끝에 찻집이 하나 문을 연 것입니다.

저런 곳에 찻집을 내어 과연 사람들이 들까? 처음에는 그랬지만 점점 모습이 바뀌어가고 있었습니다. 한 사람 두 사람 입소문을 타고 외지 사람이 찾아들기 시작하면서 골목길의 분위기가 싹 바뀌었습니다. 어둡던 골목이 환해지는 쪽으로 바뀌고 아주 많은 사람들이 찾아드는 골목길이 된 것이지요.

그로부터 공주의 골목길이 하나씩 둘씩 묵은 잠에서 깨어나 숨을 쉬기 시작했고 기지개를 켜기 시작한 겁니다. 루치아의 뜰, 그 찻집을 시발로 새로운 형식의 가게들이 날로 공주의 거리에 생기기 시작했습니다. 그것도 번화한 거

리가 아니라 한참 찾아 들어가는 후미진 골목길에 생기기 시작했습니다. 이 어찌 반가운 일이 아닐는지요.

이제 공주에는 희망이 보입니다. 밝음이 보입니다. 떠나는 사람은 떠나도 그 빈자리에 새로운 사람들이 찾아와 새로운 모습으로 새로운 삶을 꿈꾸기 때문입니다. 그 꿈은 혼자서 꾸는 꿈이기도 하지만 더불어 꾸는 꿈이기도 합니다.

세상 모든 존재는 그를 진정으로 사랑해주고 받아주는 사람이 주인입니다. 공주의 주인 또한 그렇습니다. 공주를 아끼고 사랑해주는 사람이 공주의 주인입니다. 버려진 골목길, 낡은 집을 가까이하며 비로 쓸고 걸레로 닦고 망가진 부분을 새롭게 고쳐서 사는 사람이 그 골목길, 그 집의 주인이 아니고 누가 주인이겠습니까!

오래되었지만 여전히 정겨운 공주의 골목길 끝, 언제부턴가 다정하게 골목에 말을 걸어주며 누군가를 기다리는 한 사람이 있었습니다. 그 사람이 바로 석미경 씨. 하지만 이제 그의 긴 기다림은 끝이 났습니다. 새롭게, 많은 사람들이 공주의 골목길로 찾아왔기 때문입니다. 앞으로 그들은 어울려 공주의 골목길을 더욱 사람 살맛 나는 골목길로 꾸며갈 것입니다.

나도 가끔은 자전거를 타고 그 골목길을 오가는 사람이 되기도 하겠지요. 반가워요. 고마워요. 오늘도 안녕히! 우리 정답게 인사 나눠요. 우리 그때 기쁜 마음으로 공주의 골목길에서 만나요. 반갑게 악수도 해요.

그 골목길에서 기다리는 당신을 만나러 갑니다

이종국 국립공주병원장

공주(公州) 하면 떠오르는 단어나 이미지들이 있습니다.

백제의 수도, 무령왕, 공산성, 금강… 대체로 이런 것들이지요.

8년 전 국립공주병원에 부임하기 전까지 제가 알고 있던 공주도 위와 같은 정도였습니다. 그런데 8년 동안 지내다보니 공주는 생각했던 것보다 훨씬 더 많은 이야기와 멋과 매력을 갖고 있다는 것을 알게 되었습니다.

백제의 수도가 그냥 수도가 아니고 무령왕이 그냥 무령왕이 아니며 공산성과 금강도 그냥 성과 강이 아니었습니다. 또한 공주의 유구한 역사성과 품격 높은 문화예술 그리고 정감 넘치는 사람들도 직접 경험해 보니 예전에 알고 있던 단순한 공주가 아니었습니다. 매일매일 새롭게 공주의 매력에 빠져서 살고 있지요. 저에게는 공주가 단순히 직장이 있는 도시라기보다는 제2의 고향이고 평생 머물러 살고 싶은 삶의 자리라고 할 수 있습니다.

제가 공주를 알게 되고 사랑하게 되는데 결정적인 역할을 해 주신 분들이 계십니다. 바로 이 '공주 골목길 포토에세이'를 내시는 석미경 루치아님과 박인규 요한님 부부이십니다. 두 분에게도 공주는 타지였는데 운명적으로 1995년부터 공주에 터를 잡고 30년 가까이 살고 계십니다. 두 분은 공주 토박이 못지않게 공주를 사랑하고 공주를 공주답게 만들면서 많은 분들에게 공주

를 알리는 일을 해 오셨습니다. 루치아님과 요한님은 공주 원도심 제민천변에서 '루치아의 뜰'을 운영하시면서 원도심과 골목길 살리기에 앞장서 왔습니다. 또한 루치아님은 공주 원도심과 골목길 탐방과 산책을 진행하면서 많은 분들에게 공주의 매력을 느끼게 해 주고 계십니다. 저하고도 남다른 인연이 있어서 때로는 가족처럼, 때로는 친구처럼 지내면서 저에게 공주를 알게 해 주셨지요. 두 분께 받은 사랑과 은혜가 넘쳐서 늘 감사한 마음입니다.

이번에 루치아님이 글을 쓰고 요한님이 사진으로 훌륭한 공주 골목길 포토에세이를 내게 되어 누구보다도 반갑고 기쁜 마음으로 축하드립니다. 제목도 참 정감 있습니다. 『그 골목길에서 당신을 기다릴 거예요』. 이 책은 두 분이 30년 가까이 공주에 살면서 직접 보고 듣고 느끼고 경험한 것들을 하나하나 정성을 다해 만든 공주 길라잡이 작품입니다. 독자들께서는 이 책을 미리 읽어 보시고 책에서 소개한 대로 공주의 골목길과 문화유산들을 탐방하신다면 전혀 색다른 공주의 참 멋에 감동하실 것입니다. 루치아님과 요한님이 책 속에 녹아서 함께 동행하기 때문에요.

공주의 그 골목길에서 기다리는 루치아님 부부를 함께 만나러 가시지요.

이 책은 이럴 때 함께 사용해 주세요

이 책은 당신의 마음에 '따사로운 온기'로 남는 골목길 산책을 꿈꾸며 만든 책이에요.
늘 어딘가로 떠나고 싶으면서도 생의 반경에서 벗어나지 못하는 당신이, 그리 멀지 않은 소도시로 잠시 여행을 떠나고 싶을 때 이 책을 펼쳐 보세요. 그리고 책장을 넘길 때마다 사진으로 펼쳐지는 장면을 무심히 바라봅니다. 한장 한장의 따스한 사진 속에 머무르며, 당신은 이미 공주 골목길을 산책하고 있다는 느낌을 받으실 수 있을 거예요. 루치아의 발걸음을 따라 그 길을 거닐며 산책을 하고 싶다는 마음이 일렁일 것입니다.
물론 모든 사람에게 언제나 최상의 것을 제공한다는 뜻은 아닙니다. 각자의 취향과 그 날의 기분과 날씨에 따라 느낌이 달라질 수 있습니다. 그러함에도 함께 걸을 수 있는 건 골목길에 대한 저만의 애정이 지극하다는 점입니다. 그러므로 이 사용설명서는 독자 여러분이 공주 골목길의 따스한 추억을 채워 넣은 뒤 널리 나누시기를 바랍니다.

♧혼자만의 여행을 꿈꿀 때

세상을 살아가면서 홀로이고 싶을 때가 있지요. 책을 펼쳐 사진 한 장과 골목길로 빨간색 여행 가방을 끌고 들어서는 고양이 그림을 바라봅니다.
세상의 모든 골목길이 홀로 외롭지 않듯이, 많은 분의 사랑과 위로가 이 길에 함께 했음을 알게 될 거예요. 천천히 걸으며 당신 자신의 발소리를 들어보시지요.

♧삶이 한없이 바쁘고 소진된다고 느낄 때

잠시 눈을 감고 탁자 위에 책을 올립니다. 그때부터 아무 페이지나 펼쳐 봅니다. 1,500년 고도 공주에서 제 마음을 움직인 곳은 오랜 세월을 간직한 원도심이었습니다. 그곳은 제게 고요하고 아늑한 품을 내주었습니다.
책을 펼쳐 가만히 당신의 마음에 와닿는 사진

한 장을 바라보세요. 무엇 때문에 당신이 소진되어 가고 있는지요?

♧각급 기관, 단체의 공주 로컬 투어 때

저는 오랫동안 문화체육관광부와 문화재청, 국립공주병원 정신건강학술문화제, 타 도시 지방자치단체 등의 로컬 투어 및 골목길 탐방과 산책을 진행했습니다. 그때마다 탐방객들이 좋아하고 감동한 것들을 소개하고 그에 대한 느낌을 담으려고 했습니다. 그들은 길가에 피어나고 있는 작은 봄꽃에 마음을 주었습니다. 그 꽃 한 송이는 마법처럼 그들을 견인했습니다. 당신에게도 그런 시간을 드릴 수 있다면 얼마나 좋을까요.

♧각급 학교 학생들의 체험 활동 시간에

요즘 학생들은 어른들만큼 바쁘다고 해요. 그들에게도 편안한 쉼이 필요합니다. 친구들과 함께 아늑한 품을 내주는 골목길 산책을 하면서 학교에서 만난 공주가 아닌 또 다른 공주를 느껴보면 어떨까요? 이 책을 펼쳐 단 한 사람이라도 공주를 새롭게 발견할 수 있기를 바라는 마음입니다. 이 책과 함께, 루치아와 함께, 고양이 명수와 함께 소풍을 가는 기분으로 걷기만 한다면 공주와 골목길이 여러분을 반겨줄 것입니다.

책에 나오는 골목길 코스 여정을 따라 어느 주말엔 선생님이 학생들과 함께, 한 번쯤 가족들이 서로의 손을 잡고 골목 산책을 한다면 그것은 서로에게 소중한 선물이 될 거예요.

♧성지순례를 가고 싶을 때

오롯이 평온한 순간을 대면하고 싶다면 책을 펼쳐 공주제일교회의 스테인드글라스와 멀리서 바라본 중동성당, 황새바위 순교성지의 무덤경당과 부활성당, 옛 대통사지를 바라보세요. 사진 몇 장과 제 글이 당신에게 그런 축복의 시간을 드릴 수 있기를 바랍니다.

PART 2
시인이 사랑한 골목길

PART 3
추억의 하숙촌길

PART 4
공주 유관순의 길

PART 5
공주 골목길 산책, 사람 산책

공주 골목길에 말을 걸어보았어요

1. 공주와의 인연

저희 부부는 1995년에 서울에서 공주로 이사 와서 금강과 공산성이 보이는 마을에서 지금까지 약 30년 동안 살고 있습니다. 교대부설초등학교에 다니는 아이와 함께 새로운 꿈을 키우며 책을 읽고 차 공부를 했습니다. 금강철교를 건너다니면서 원도심이 점점 좋아졌고 골목길에도 애정을 갖게 되었지요.

그때부터였을까요. 공주에서 제 마음을 움직인 곳은 새로 지은 아파트가 있는 신관동이 아니라 세월을 품은 원도심이었습니다. 그곳은 제게 골목길을 선물했습니다. 2013년 9월 7일, 아늑한 품을 내주는 골목길 끝에 〈루치아의 뜰〉을 오픈하면서 삶의 전환점을 맞게 되었지요. 지난 10년 동안, 저희는 루치아 골목길에 깃들어 사는 모든 것들을 애정을 가지고 가꾸며 돌보는 사람이었습니다. 그들 덕분에 공주를 좋아하는 마음도 점점 커졌지요. 더할 나위 없는 행운이었습니다. 언젠가는 고도 공주의 오래된 시간과 공간, 사람들과 더불어 공주 골목길에서 제가 발견한 소소한 매력을 들려주고 싶다는 꿈을 꾸었습니다. 그 꿈이 의미 있는 이번 프로젝트에 흔쾌히 동참하게 해주었습니다.

2. '문향(聞香)'이란 말을 들어보셨는지요?

이번 공주여행은 골목길을 따라 저와 함께 천천히 걷는 것입니다. 제 삶의 공간이자 놀이터로 느끼며 살았던 길 위에서 그동안 제가 만났던 아름다운 증인들을 대면할 수 있을 것입니다. 아울러 저희의 공주 골목길에 대한 사랑을 글과 사진으로 공유하면서 그 둘이 서로 조화를 이루며 잘 어울리기를 바랐습니다. 모쪼록 이 책을 대하는 분들에게도 그런 마음이 전달되면 좋겠습니다.

골목에서는 꽃들이 저마다 아름다운 속뜰을 활짝 열어 보입니다. 철 따라 꽃이 핀다는 것은 참으로 신비한 일이에요. 이런 자연의 아름다움을 받아들이려고 그들에게 말을 걸고, 귀를 기울이며 골목에서 함께 살았습니다.

'문향(聞香)'이란 말을 들어보셨는지요? 향기를 맡는 것이 아니라 들어보라는 표현이라고 합니다. 얼마나 운치 있는 말인지요. 특히 차 향기와 꽃향기는 맡는 것이 아니라 듣는 것이라고 합니다. 지극히 개인적일 수 있는 이 글들을 통해서 단 한 사람이라도 공주를 새롭게 발견하고, 공주 골목길에서 문향의 정취를 느낄 수 있게 되기를 소망합니다.

3. 공주 골목길이란

골목은 도로와는 다른 작은 길일 뿐이지만 그 속에는 다양한 이야기가 숨어 있기도 해요. 1,500년 고도 공주의 역사를 가장 내밀하게 보여주는 공간이 골목길입니다. 그 길은 동네의 얼굴로 표정도 있고 체취도 있습니다. 또한 골목은 자연발생적으로 형성된 것으로 공적인 것과 사적인 것이 혼재되어 있는 공간입니다. 가온건축의 임형남 건축가는 『골목 인문학』에서 "골목은 내 유년의 정원이고 들판이며 스케치북이었다"고 말합니다.

충청감영이 있던 공주의 골목은 전통시대 도시화 과정의 산물이었다고 해요. 특히 일제강점기에는 도시가 발달하면서 시장과 이면도로를 중심으로 음식점골목, 술집(색시집)골목, 여관골목, 극장골목, 하숙골목, 차부골목 등 여러 가지 특징을 가진 골목들이 형성되었다고 합니다.

그 곁에 집들이 자리하고 있었지만 90년대 말

부터 도시 개발과 정비 등 시대의 변화 속에서 점점 이러한 골목길이 사라지고 있습니다. 골목이 넓은 길로 확장되면 많은 집이 사라지게 됩니다. 집 앞 가까이 주차 공간을 마련하고 편리한 아파트를 건설하면서 더이상 골목의 정취를 원하지 않게 됩니다. 하지만 저와 탐방객들의 마음을 움직인 것들은 골목길을 천천히 걸어야만 볼 수 있는 것들이었습니다.

4. 골목길에 깃들어 살며

그동안 공주 골목길에 깃들어 살며 골목이 우리들의 삶의 풍경을 더욱 아름답게 완성해준다고 믿었습니다. 꽃과 나무와 사람들이 하는 말을 귀담아 들으며, 홍차를 내리고, 책을 읽고 글을 썼습니다. 그 길에서 진짜 공주를 느낄 수 있었고, 우리가 사는 동네를 천천히 바라보면서 작은 것들에 감사하게 되었습니다. 오늘도 저는 골목에 말을 걸어주며 기꺼이 길 위에 섭니다. 이렇게 산책을 하다 보면 저도 모르게 무릎을 탁 치게 되는 순간이 찾아옵니다.

이른 봄부터 시작한 저희의 여정이 마무리되어 갑니다. 그냥, 공주 원도심에서 하루하루 만들어가는 삶이 참 행복해서 이 행복한 경험을 다른 사람들에게도 알려주고 싶다는 마음 하나만으로 시작한 프로젝트입니다. 그동안에 노란 복수초꽃이 피어나는 봄이 찾아왔고, 장미꽃이 만발한 여름, 추명국과 함께 깊어가는 가을을 맞이하고, 흰 눈이 마른 클레마티스 꽃가지에 쌓인 겨울을 맞이하게 되었습니다.

5. 공주 골목길 산책, 사람 산책

저희 부부는 공주 원도심에서 함께 재생 건축 공간을 준비, 기획하고 운영하면서 같이 생활하는 가장 좋은 벗입니다. 이번 책에서 사람 산책 코너를 진행할 때는 함께 11명의 마을 사람들을 찾아뵈면서 인터뷰를 하고 사진을 찍었습니다. 그분들의 삶의 이야기를 듣는 것은 감동 그 자체였고, 살아 있는 공주에 대한 귀중한 공부였습니다. 저희가 마을에서 할 수 있는 일이 무엇인지 배우는 시간도 되었습니다.

책에 담긴 사진과 글은 모두 공주 골목길에서 함께 살아가고 있는 것들입니다. 시간을 품은 오래된 공간과 골목길에서 만나는 꽃 한 송이, 다정한 이웃들의 모습입니다. 이 책과 함께, 루치아와 함께 만나보시지요.

6. 그동안의 골목길 탐방과 산책

오랫동안 저는 문화체육관광부의 '문화가 있는 날'과 문화재청의 '생생문화재', 국립공주병원의 '정신건강학술문화제', 타 도시 지방자치단체 등의 로컬 투어 때 골목길 탐방과 산책을 진행했습니다. 그때마다 탐방객들이 좋아하고 감동한 것들을 소개하고 그에 대한 느낌을 담으려고 했습니다. 그들은 길가에 피어나고 있는 작은 봄꽃에 마음을 주었습니다. 그 꽃 한 송이는 마법처럼 그들을 견인했습니다.

누군가에게는 그저 지나치는 풍경에 불과했을지라도 탐방객들의 가슴에 단박에 다가오는 순간이 있었습니다. 그 모습을 보면서 당신에게도 그런 시간을 드릴 수 있다면 얼마나 좋을까 상상하게 되었어요. 어느 가을날 이 책을 들고 공주 골목길 코스 여정을 따라 천천히 산책하는 또 다른 당신들과 만나고 싶습니다.

7. 사진의 역할

이 책은 마을해설사인 루치아와 함께 공주의 이야기와 풍경이 들어있는 골목길 코스를 따라 실제 산책하는 방식으로 진행됩니다. 책장을 넘기면 골목의 모습이 사진으로 펼쳐집니다.

책에서는 지금은 사라진 공주 갑부 김갑순 생가터의 깨진 창문이 우리를 보고 있고, 제민천 가에 있었던 솜틀집을 카메라에 담기도 했습니다. 그 사진을 통해서 공주 골목길과 마음으로 공감하고 진정으로 가치를 부여할 수 있다면, 이번 공주문화원의 시도가 얼마나 따스하고 중요한 일인지 깨닫게 되는 시간이 될 것입니다.

늘 대상을 따스한 시선으로 바라보며 그만의 독창적인 방식으로 사진 작업을 하는 남편의 눈을 통해 만나는 사진들은 공주의 풍경을 제대로 보여줄 것입니다. 아내인 루치아가 써내려가는 글도 더 생생하게 다가오게 해줄 거예요.

그동안 공주 신관동 성당의 사진 봉사자로서 오랜 시간을 헌신해 왔고, 틈틈이 공주 골목길 풍경 사진을 찍고 있습니다. 또한 '루치아의 뜰'과 '초코루체' 두 공간을 아내와 함께 재생 건축 공간으로 되살리고 그 공간 기획을 하면서 사진으로 포착했던 순간은 많은 이들에게 특별한 감동으로 다가갔지요.

이번 공주문화원에서 새로운 양서출판 패러다임을 만들고자 기획한 '공주

골목길 포토에세이'의 제작과정에서 아내와 함께 긴밀하게 협력하며 찍은 그의 사진은 우리가 공주 골목길에 끌릴 수밖에 없게 일조할 것입니다.

8. 감사의 인사를 드립니다

먼저 저희 부부가 함께 『그 골목길에서 당신을 기다릴 거예요』라는 책을 발간할 수 있게 기회를 주신 공주문화원에 특별한 감사의 인사를 드립니다.

세상의 모든 골목길이 홀로 외롭지 않듯이, 많은 분의 사랑과 도움이 이 여정에 함께 했습니다. 이 프로젝트가 진행되는 일 년 동안 저희 부부는 25시를 살았던 것 같아요.

항상 과분한 애정을 보내주시며 뵐 때마다 루치아의 뜰과 골목길에서 만난 것들의 이야기를 글로 쓰고, 사진으로 찍어서 많은 사람과 공유하라고 격려해 주신 나태주 시인님 덕분에 여기까지 왔습니다. 늘 가까이에서 응원해주시며 흔쾌히 축사를 써주신 정신과 전문의이시며 국립공주병원장님이신 이종국 원장님께도 진심으로 사랑의 마음을 전합니다. 출판을 맡아 수고하신 출판사 〈문화의힘〉 이순옥 대표님께도 고맙다는 인사를 드립니다. 인터뷰에 응해주신 지역의 어르신들과 청년들에게도 깊은 감사와 사랑을 드립니다. 간지마다 느낌 있는 골목 지도를 그려주신 신철동(공주 어반스케치)님과 류우성(공주대학교 학생)님께도 감사드립니다. 이분들의 수고와 정성으로 이 책이 빛나게 되었습니다.

끝으로 늘 곁에서 저를 지켜보며 이 책에 담긴 따뜻한 사진을 찍느라 고생한 가장 좋은 벗인 남편 박인규 요한님께 이 책을 바치고자 합니다. 최초의 독자가 되어 젊은이의 감각으로 수식이 많은 제 문장을 과감하게 자르라고 피드백을 해준 아들에게도 고맙습니다. 부디 부족한 점이 보일지라도 따스한 눈길로 바라봐주시길 간절히 기도합니다.

한 해의 결실이 눈에 보이는 계절이 점점 깊어가고 있습니다.

9. 골목길 산책에 들어서신 여러분을 환영합니다

책장을 넘길 때마다 사진으로 펼쳐지는 장면 하나하나가 공주 골목길을 좀 더 친밀하게 느낄 수 있게 하기를 꿈꾸며, 루치아와 함께 골목길 산책을 하고 있다는 마음으로 읽어주셨으면 좋겠습니다. 그리하여 잠시라도 편안한 휴식이 되기를 바랍니다. 그 시작점인 집결지에 들어서신 여러분을 환영합니다.

자, 이제 출발합니다.

2024년 1월 루치아의 뜰에서
당신과의 행복한 골목길 산책을 꿈꾸며
석미경 루치아

금강의 남쪽, 강남이라 부르는 지역으로 근대건축물들이 곳곳에 자리해 공주가 충남 제일의 근대문화 중심도시였음을 잘 보여주는 길입니다. 19세기에 그린 옛 지도인 〈공주전도〉에도 이 길이 보입니다. 이 길에는 오랜 시간이 쌓여 있습니다.

현재 문화재로 지정된 '근대문화유산'을 백제나 감영 시대의 유산과 연계시켜 적극적으로 활용하는 프로그램이 진행됩니다.

금강철교를 건너 공주 원도심을 가로지르는 작은 실개천인 제민천 양 옆을 따라 원도심의 근대문화유산을 만나는 길입니다. 오래된 관공서와 작은 가게들, 공주 맛집과 예쁜 카페들이 공존하는 곳이지요. 특별히 공간이 아름다운 근대 건축물 옛 공주읍사무소와 충남역사박물관을 둘러본 후, 제민천의 물소리와 버드나무, 천변에 있는 공주 맛집과 예쁜 카페들을 구경하시며 즐겨보시지요. 공주의 또 다른 매력을 느끼실 수 있을 겁니다. 제민천을 따라 황새바위 순교성지로 가는 동안 어느새 마음이 차분해지실 거예요. 종교와 상관없이 평화를 갈구하는 사람들이 이 길을 따라 걸어갑니다.

PART 1

근대문화유산길

황새바위
순교성지

공주북중학교

옛읍사무소
공주세무소
충청감영터
공주사대부속
중·고등학교
감영길
박문사문구점터
김갑순
가옥터
대통사 당간지주

중동성당
국고개길
충남역사박물관
호서극장

배롱나무꽃이 피어난 옛 공주읍사무소

공주의 원도심은 충청도의 정치, 행정, 사회, 문화를 선도해 온 지방 행정중심지로 공주의 역사적 이미지를 상징합니다. 곳곳에 공주의 역사성을 보여주는 문화유산이 그대로 남아 중요한 도시 정체성으로 자리잡고 있습니다. 옛 공주읍사무소는 공주의 근현대사를 상징하는 건축물로 1923년 충남금융조합연합회 사무실로 건립된 일제강점기의 건축물입니다.

1932년 충남금융조합연합회가 대전으로 이전하면서, 1934년 5월부터 1985년까지 50년 이상 공주읍사무소로 사용되었습니다. 1986년 공주읍이 공주시로 승격되면서 시청 건물로 쓰였으며, 1989년 현재의 공주시청 건물이 신축되자 이 건물은 민간에 매각되어 고압선 미술학원과 디자인 카페 등으로 이용되었습니다. 이후 공주를 대표하는 근대건축 문화재로서의 가치가 부각되어 2008년 공주시가 다시 매입하였습니다. 마침내 2009년 국가등록문화재 제443호 '구 공주읍사무소'로 등록되었습니다.

공주문화원이 있는 반죽동에는 1920년대에 지어진 서양식 건물인 '옛 공주읍사무소'가 있습니다. 빨간 벽돌과 커다란 둥근 기둥 네 개가 이국적인 서양식 건물입니다. 주변의 건물들과는 그 모양새가 낯설지만 어쩐지 그 모습에서 풍기는 아우라가 사람을 끌어당기곤 합니다.

이곳은 본래 공주 사람들이면 누구나 온갖 증명서를 떼러 갔던 읍사무소 자리였습니다. 안타깝게도 공주에는 실제로 남아 있는 근대 건축물들이 많지 않습니다. 이 건물이 사라지지 않고 우리 곁에 남아 있는 건 다행입니다.

'옛 공주읍사무소'는 여행객들과 사진 찍는 걸 좋아하는 사람들이 찾아오는 곳이기도 합니다. 마을 사람들은 전시를 하거나 각종 토크쇼를 열기도 하구요.

처음엔 충남금융조합 사무실로 건립되었고 그 후 읍사무소로, 공주시청으로 사용되다가 한때는 민간에서 미술학원으로 사용했었습니다. 그 후 공주역사영상

관으로 사용되다가 현재는 도시재생사업으로 리모델링을 해서 지금의 모습이 되었습니다.

이곳이 미술학원으로 사용될 때는 이 건물에 반해서 학원 수강생도 아닌데 그 간판 앞에서 한참을 서 있던 기억도 있습니다. 안을 들여다보고 싶은 충동에 살그머니 문을 열어 보기도 했어요. 그 뒤로 이 집은 공주 원도심에서 내가 살고 싶고, 갖고 싶은 집 1호이기도 했습니다.

디자인 카페로 사용될 때는 1층에서 전시가 열리면 구경을 갔었습니다. 그 뒤 다시 리뉴얼되어 공주역사영상관으로 사용될 때는 시민들이 응모한 흑백사진으로 '공주의 옛 사진전'이 2층에서 늘 열리고 있었어요. 시민들의 평생 잊지 못할 순간을 담은 사진들을 보면서 공주의 흘러간 시간과 그들이 지켜보았을 공주의 여러 모습을 그저 짐작해 볼 뿐이었습니다.

2층으로 계단을 오르면 그 당시의 읍사무소 풍경을 만날 수 있습니다. 커다란 읍장님 책상이 놓여 있고 그 위에는 까만색 다이얼 전화기가 보입니다. 옛날 타자기와 그때 당시에 썼던 각종 행정 서류들, 공무원 신분증과 월급봉투, '둘만 낳아 잘 기르자'와 '불조심' 포스터 등이 벽에 붙어 있습니다. 창 쪽으로는 인천 제물포에 있는 '외교구락부'처럼 세련된 서양식 탁자와 안락의자가 배치되어 있어서 여행

객들이 거기에 앉아 추억을 찍고 갑니다. 타임머신을 타고 공주 근대로의 여행을 마치고 가는 것입니다.

최근에 이 공간에 아쉬운 점이 있다면 읍사무소 마당에 서서 행인들의 눈길을 사로잡았던 오래된 은행나무 한 그루가 새롭게 리모델링 공사를 하면서 베어 없어진 것입니다. 그 자리는 마치 공주문화원의 마당 같았습니다. 몇십 년 동안 한 자리를 지킨 그 은행나무는 이색적인 붉은 벽돌의 근대 건축물과 조화를 이루며 근대를 증언하고 있었는데 말입니다.

7월 말이 되자 그곳에 새로 심은 커다란 배롱나무에서 진분홍빛의 작은 꽃송이들이 활짝 피어났습니다. 저는 마치 죽은 은행나무가 살아온 듯 기뻤습니다. 동네 이웃들은 연신 꽃소식을 전하며 구경 오라고 했습니다. 한여름 가장 뜨거울 때 배롱나무는 오랫동안 화사한 꽃을 피워놓고는 가녀린 자태로 소리 없이 물러서지요. 배롱나무꽃이 지고 나면 이미 가을입니다.

옛 읍사무소 마당에 붉게 타오르는 배롱나무꽃과 함께 지난여름 공주의 추억을 그리움으로 풀어보시지요. 공주의 어제와 오늘이 그 나뭇가지마다 화사한 꽃으로 총총 피어날 것입니다.

저
나무 전봇대는
몇 살일까요

제민천을 지나서 조금만 걸어가면 공주문화원이 보이고, 빨간 벽돌의 옛 공주읍사무소 건물이 눈에 들어오게 됩니다. 바로 그 앞 골목길로 접어드는 초입엔 나무 전봇대 하나가 서 있습니다. 그 전봇대 앞은 원도심 마을해설사로서 골목길 투어를 진행할 때마다 참가자분들과 함께 꼭 지나가는 곳입니다.

그때마다 저 나무 전봇대는 언제부터 이곳에 서 있었을까 궁금했습니다. 한국전쟁 때나 일제강점기 때의 흑백 사진을 보면 어김없이 나무 전봇대가 보입니다. 그런 시기부터 자리를 지키고 있었을까요? 그렇다면 최소한 환갑을 넘긴 나이일 것입니다. 같은 자리에서 최소한 반세기가 넘도록 이 골목을 내려다보았다는 말입니다.

한약방 골목에 살았던 사람들, 여드름이 한창인 고등학생들이 교복을 입고 기말고사가 끝나는 날 옛 공주극장으로 단체영화를 보러 걸어가는 모습, 당대 최고의 스타 김지미, 최무룡이 쇼 공연을 하던 어느 날엔 극장으로 가는 이 길은 그야말로 인산인해를 이루었음도 그 전봇대는 보았을지 모릅니다. 젊은 연인들이 온종일 데이트를 하고도 떨어지기 싫어서 나무 전봇대 밑을 서성이던 수많은 밤, 지금은 유명 정치인이 된 극장 집 딸아이의 푸른 꿈도 지켜보았으리라 생각해 봅니다. 남의 집 쓰레기 봉지를 파헤치고 있는 고양이들과 풀꽃 시인님이 오래된 자전거를 타고 지나가는 모습까지 모두 기억하고 있겠지요.

이 나무 전봇대는 공주 근대의 겹겹이 쌓인 시간과 무수한 삶의 이야기들을 고

스란히 기억하고 있을 것입니다. 덤으로 아날로그적인 낭만까지 우리에게 안겨 줍니다.

얼마 전에는 세월이 묻은 이 나무 전봇대가 전선 지중화 작업을 하면서 사라질 뻔했습니다. 다행히 그 곁에서 아버님 때부터 70년 이상 '연춘당한의원'을 운영하고 계시는 문형권 원장님과 동네 사람들, 거기에 중학동장님과 중학동 시의원님까지 나서서 그 전봇대를 품어주고 어렵게 지켜내는 일이 있었습니다. 바로 그 날 동장님의 sns는 철거를 반대하는 시민들의 응원 댓글로 가득 찼습니다. 저도 그 때 얼마나 조마조마하고 가슴 떨렸는지 모릅니다.

오랜 시간을 잘 견디며 제 역할을 하고 있는 한 그 무엇도 소용없거나 사라져 마땅한 것은 없을 것입니다. 어쩌면 이 나무 전봇대는 곧 사라질, 우리가 꼭 기억해야 할 공주의 또 다른 얼굴이지 않을까요.

힘든 날들을 내색하지 않고 꿋꿋하게 견디어 낸 나무 전봇대, 말없이 자기 자리에서 묵묵히 일생을 살아가는 우리 마을의 온화한 어르신!

그의 속삭임에 더 귀 기울여 주어야겠습니다. 그것이 공주 골목길에 깃들어 살아가고 있는 한 사람으로서 그에게 화답하는 최소한의 도리 같습니다.

여행객들은 고도의 시간이 흐르는 이 골목길에서 어디서나 볼 수 있는 콘크리트 소재의 전봇대가 아닌 나무 전봇대를 만난 것에 경이로워하고 고마워합니다. 그리고 언제나 있었고, 앞으로도 이 자리에 있을 것이라는 정겨운 풍경 앞에 한가로운 마음을 남겨놓고 다시 발걸음을 돌립니다. 어느새 저녁노을이 슬며시 그 골목길에 와 있습니다.

공주문화원에서
배우며
행복하며

식목일에 남편과 함께 심은 목수국에 새순이 돋아난 것을 들여다봅니다. 봄이 온 것이에요. 이때 즈음이면 공주문화원에서 새로운 강의가 시작된다는 문자가 도착합니다.

저는 공주 원도심을 좋아합니다. 언제 어느 때라도 산책을 즐길 수 있는 제민천이 바로 코앞이고, 오래된 근대 건축물들과 오일장이 서는 산성시장도 가깝습니다. 더 좋은 것은 공주문화원이 가까이에 있다는 것입니다. 덕분에 문화원에서 진행하는 프로그램에 기쁜 마음으로 참여하고 있습니다. 아름다운 우리 문화를 알리는 강좌, 청소년들의 꿈을 키워주는 시간, 시니어들이 자신만의 끼와 열정을 쏟아부을 수 있는 강좌가 개설되어 있어요. 공주의 '예술의 전당'으로서 많은 전시가 열리고 있어 작가들이 고민한 삶의 흔적을 작품으로 만나 볼 수도 있습니다.

저는 시 창작반 수업에 출석했습니다. 몇 년 동안 나태주 시인님께서 강의를 해 주셨는데 멀리에서 찾아오시는 분들도 많았고, 70이 넘으신 어르신들과 이미 시집을 내신 시인들, 퇴임한 멋진 부부 등 시를 좋아하는 40명이 넘는 학생들의 열기로 강의실 안은 늘 후끈합니다.

저녁 7시부터 강의가 시작되면 시인님이 들려주시는 시 쓰기 지도에 대한 말씀을 놓치지 않으려고 열심히 노트필기를 하고 눈을 반짝이며 강의를 듣습니다. 이따금 선생님의 우스갯소리 한마디에 박장대소를 하기도 합니다.

선생님께 강의를 들으면서 시를 쓰게 하는 세 가지 힘이 그리움과 현재 내 앞에 있는 그 무엇을 아끼고 간직하고 부추기는 사랑 그리고 나에게 다가올 아름다운

일들을 기다리는 것임을 알게 되었습니다. 일반인들이 가지지 못하는 심리적 결핍 상태가 시를 쓰고자 하는 욕구를 불러일으키게 된다는 것도 말씀하셨지요. 좋은 글은 그의 마음의 자취가 보이고 삶의 흔적이 보이는 글이라는 것을 강조하시면서, 봄비처럼 무엇과 맞서지 않고, 부드럽고 편안한 마음으로 글을 쓰는 사람이 되어야 함을 강조하실 때는 저의 부족한 부분을 지적하신 것 같아 부끄러운 마음이 들기도 했습니다. 내 마음 안에 어여쁜 소녀 간직하기, 사물에 말 걸기 등 저희 모두가 선생님을 따라 흉내 내며 살아가고 있습니다.

충남도역사박물관에 벚꽃이 활짝 피어난 어느 봄날엔 시 창작반 회원 모두가 선생님과 함께 밤 벚꽃놀이를 다녀왔습니다. 오래된 벚나무에서 떨어지는 꽃비를 맞으며 모두 어쩔 줄 몰라 하며 사진을 찍고 노래도 부르면서 봄날의 정취를 마음껏 즐기고 돌아왔습니다.

퇴근길에도 저는 남편과 함께 문화원 옆을 지나서 집으로 갑니다. 옛 읍사무소 옆에 조성된 작은 공원이 문화원 건물의 밋밋함을 감싸주는 듯해요.

저는 이곳에서 여행객들에게 공주의 골목길 밤마실 산책을 안내한 후 소감 나누기를 하면서 시낭송을 들려주기도 합니다.

"아, 시원한 바람."

"저 꽃 좀 보세요."

"너무 좋다."

하고 찬탄을 거듭하면 남편은 어서 가자고 재촉을 합니다.

앞으로도 저는 문화원을 통해서 평생 배움의 길에 들어설 것이며, 새로운 꿈도 꾸고 좋은 벗들과 함께 할 것입니다. 그 길에서 저는 쭉 행복할 것입니다.

지금은 사라진 솜틀집

몇 년 전만 해도 제민천 건너 '풀꽃문학관'으로 가는 길모퉁이에 작은 솜틀집이 하나 있었습니다. 솜틀집은 그 이름만으로도 따스함이 전해집니다. 그리운 누군가가 자연스럽게 떠오르고요. 길을 거닐 때 그 집을 지나가면 그냥 마음이 포근해졌습니다.

솜틀집이란 '솜 트는 일을 업으로 하는 집'을 말합니다. 이불솜에 있는 먼지나 이물질을 제거하고 부족한 솜을 채워 헌 이불을 새 이불과 같이 만들어주는 곳입니다. 날씨가 추워지면 많은 사람이 겨울 이불을 손보기 위해 솜틀집을 찾고는 합니다. 겨울용 솜이불 인기에 덩달아 솜틀집 또한 인기였던 때도 있었죠. 70~80년대만 해도 두꺼운 솜이불은 겨울철의 필수품이었으니까요.

그 솜틀집은 동네의 자전거수리소였던 〈중흥자전거상회〉 바로 옆의 조그마한 집이었습니다. 빈집이 무색하게 선명한 파란색의 주소 명패가 걸려 있었습니다. 지붕은 뚫린 곳도 보이고 덕지덕지 여러 소재로 끼워놓은 상태였어요. 지붕 바로 밑 틈새에는 붉은 벽돌 여러 장을 쌓아 놓은 게 보였습니다. 담장 밑 부분은 시커멓게 썩어 곰팡이가 피었고, 빛바랜 안내장과 찢어진 포스터가 바람에 날리고 있었습니다.

곧 철거가 시작될 것처럼 보였습니다. 지적공사에서 측량을 했는지 여기저기 빨간색 줄이 그어져 있었어요. 초록색 대문 옆으로 아주 작은 사각형 화단이 보이고, 그곳의 초록이들은 주인의 보살핌 없이도 잘 자라고 있었습니다. '현 위치 독방 월세 5만원'이라는 임대 안내장이 011-000-000 번호와 함께 붙어 있는 걸 볼 수 있었습니다.

그 솜틀집은 예상대로 철거되었습니다. 수십 년 동안 마을 사람들이 매일 보았던 솜틀집은 공주시의 소방도로 건설을 이유로 헐리고 말았습니다. 오랜 시간 자리를 지키던 그 공간은 세월을 이기지 못했습니다. 이렇게 공주 제민천 변에서 솜틀집은 사라졌습니다.

동네의 좁은 골목길을 보존하는 것이 현대 사회의 발전과 상충하는 것으로 여겨지기도 하지만, 꾸밈없는 옛 모습을 간직한 솜틀집은 마을의 기억을 위해서도 남아 있을 이유가 있지 않았을까요. 이곳은 단순한 솜틀집이 아닌 오래된 시간과 추억을 되살려주는 집이기도 했을 테니까요. 그 빈자리를 지나가다 보면 가끔은 사라진 그 솜틀집이 그리울 때가 있습니다.

골목길에서 만난 족두리꽃을 보며

지난 여름엔 계속되는 폭우 피해와 폭염 속에 마을 사람들은 지치고 말았습니다. 그래도 골목길 화단의 족두리꽃이 동네를 환히 밝히고 있습니다. 며칠 동안의 기록적인 폭우 속에도 지지 않고 고운 모습으로 피어 있는 그 꽃이 문득 눈에 들어옵니다.

"그래도 우린 다시 일어설 거예요."

꽃들은 이렇게 늘 우리에게 말없는 환대와 희망을 이야기해 줍니다. 힘든 시기에 피어난 저 분홍빛 꽃송이들이 기특하면서도 가슴 시립니다.

족두리꽃은 옛날에 새색시가 시집가는 날에 머리에 썼던 예쁜 족두리를 닮았다 하여 붙여진 이름으로 귀화식물이에요. 저는 이 아이의 꽃 이름이 단번에 기억하기 쉬워서 좋았는데, 꽃말은 의외로 '시기, 질투'라고 합니다.

영어로는 꽃의 수술이 거미줄처럼 늘어졌다 하여 'spider flower'라 부르고, 꽃 모양을 보고 왕관꽃이라고 부르기도 합니다. 멀리서 보면 마치 꿀을 빨고 있는 나비를 보는 것 같아서 풍접초, 나비꽃이라고도 하지요. 꽃에 참 잘 어울리는 이름 같아서 족두리꽃을 마주쳤을 때 저 혼자 마음속으로 그렇게 불러 보기도 했습니다.

오늘도 아침부터 폭염 주의 문자가 도착합니다. 홍차 향기와 마들렌 굽는 냄새를 맡으며 저는 마감을 앞둔 문화원 원고를 쓰느라 책상에 앉습니다. 남편이 방금 만든 민트초콜릿 하나를 입에 넣어줍니다. 다정한 시간 속에서 족두리꽃은 계속 피고 집니다.

'오늘은 족두리꽃이 다 졌겠지.' 하고 다시 찾아보면 바로 옆 다른 봉오리에서 팝콘 터지듯 꽃이 활짝 피어 있습니다. 골목길을 산책하다 보면 이런 뜻밖의 자연의 선물이 날마다 우리를 찾아옵니다.

올해는 골목 화단에 심어놓은 꽃이 엉뚱하게 옆집 담장 쪽에도 자리를 잡았어요. 식물들은 이렇게 제 마음대로만 되지 않습니다. 자신만의 방식으로 씨앗을 퍼뜨리고 꽃을 피우니까요. 어느 해 가을에는 보랏빛 벌개미취가 까맣게 타들어가서 애를 태우고 또 어느 때에는 꽃송이를 잔뜩 달고 있는 딱총나무에 벌레가 생겨 나뭇가지를 다 전지해버려야 하는 일도 생깁니다. 이럴 때면 정말 아무것도 다시 자라나지 않을 것만 같아요. 하지만 식물들은 다시 움을 틔우고 꽃을 피우기 시작합니다. 꽃잎이 바람에 흔들립니다. 그리 쉽게 지지 않는 족두리꽃을 보며 저 또한 힘을 내 보는 하루들이 이어지고 있습니다. 거기에도 그렇게 재생의 시간이 함께 있었습니다.

그 골목길에 들어서면 나도 시인

공주의 골목길과 각별한 사이가 된 것이 어느새 10년이 넘었습니다. 옛 호서극장 뒷골목의 어두컴컴하고 후미진 곳의 끝, 3년 동안 버려졌던 빈집은 저의 일터가 되었습니다.

처음 볼 때부터 왠지 그 골목길이 참 좋았습니다. 교대 신입생들이 오면 돈을 빼앗기던 장소였고 여자들은 무서워서 밤이면 다른 길로 돌아가야만 했던 길. 그 길에 가로등을 달고, 처음엔 꽃씨 하나를, 후에는 여러 손길들과 함께 다양한 꽃씨들을 뿌리고 가꿔냈습니다. 사람들은 이곳을 '루치아 골목'이라 부르곤 합니다.

'루치아 골목'에는 오래된 공주의 시간과 아날로그적인 공주의 속살이 보입니다. 그래서 이곳을 찾아온 이들은 누구나 다 자신만의 방식으로 시를 쓰고 떠납니다. 어떤 이는 사진으로, 아이들은 온몸으로, 작은 풀꽃들은 그 향기로, 루치아는 환한 웃음으로.

요즘 지역에선 '인사이트 트립'이라는 말을 많이 듣습니다. 이는 '통찰 여행'으로 여행을 통해 우리와 다른 세상의 사람을 만나고 교류하며, 그 속에서 내가 사는 세상을 다시 들여다보는 시간이라고 하죠.

익숙하고 흔한 풍경이지만 새로움을 추구하는 누구라도 이 길을 한 번쯤 거닐어보길 바랍니다. 우연히 마주한 골목길에서 전에 발견하지 못한 통찰력을 얻는 여행자가 될지 모릅니다.

저는 오늘도 골목길 모퉁이에서 또 다른 골목길을 만납니다. 그 재잘거림을 듣습니다. 따스하고 아련한 추억을 기억합니다. 사내아이들의 딱지치기, 말

타기, 여자아이들의 구슬치기, 땅 따먹기…. 늘 그리운 소리들을요.

버려진 화분에서 꽃대를 올린 이름 모를 꽃과 짖으려다 말고 꼬리를 치는 개와 털빛이 까만 아기 고양이 레오가 보입니다. 이들이 바로 공주 골목길의 주인공이며 시인일 수 있겠습니다.

 그 골목길에서 당신을 기다릴 거예요

한성백화점
44 대통1길 48
Daetong 1(il)-gil
봉황로
Bonghwang-ro

따뜻하게 새로 난 충청감영길

저는 충청감영길을 좋아합니다. 이 길은 옛 관아의 대로로 충청감영이 있던 지금의 공주사대부고에서 대통교를 거쳐 옛 공주목관아터의 객사였던 중동초등학교 앞까지의 거리를 말합니다. 감영길에선 작은 책방에서 책 한 권을 살 수도 있고, 동네 사랑방 같은 카페 창가에 앉아 지나가는 길손들을 눈여겨보고, 갤러리에서 새로운 전시회 관람과 작가들의 작업실 구경을 하며 놀 수도 있습니다.

근처 잠자리가 놀다간 골목에서부터 시작해서 호서극장 골목을 거쳐 대통교쪽으로 나가거나, 제민천을 따라 걷는 코스도 좋습니다. 그 코스에서 마주할 수 있는 중학동사무소 앞에선 '살피마'라는 의자가 있습니다. 거기에 앉으면 공주 근대의 이야기를 간직한 공간들이 눈에 들어옵니다. 살피마는 지역 작가가 만든 말 모양의 나무 의자로 감영길의 상징이에요. 예전 충청감영의 관찰사가 말을 타고 돌며 백성들을 살피시던 모습을 상상해서 만든 작품이라 합니다.

중학동사무소 옆으론 공화양복점, 봉황서림, 사대부고 등이 천천히 흐르는 듯한 고도 공주의 시간 속에 오래 자리를 지키고 있습니다. 공주는 백제의 고도였고, 조선 시대엔 감영이 있던 도시였을 뿐만 아니라 멀지 않은 근대엔 충남도청 소재지였습니다. 그 역사를 가장 잘 보여주는 공간이 이 길이지요.

기념품을 파는 상점과 다양한 체험 공방을 지나고 충청감영의 정문인 포정사의 2층 문루에 올라 감영길을 바라봅니다. 밤 풍경 또한 낮 못지않게, 어쩌면 그보다 더 근사합니다. 세심하게 신경 써서 만들었을 은은한 조명은 편안하고 따스한 빛을 냅니다. 그 문루에 저녁이 내려앉는 것을 사대부고 뒤의 봉황산은 매일 저만치에서 바라보고 있습니다.

조선
통신사,
문화의 바람 展
Joseon Missions to Japan,
Winds of Culture
2023.9.12(Tue)
9.25(Mon)
이미정 갤러리
민화
연구소
봉황로
Bonghwang-ro
150허 1784

올해는 감영길에 있는 청년들의 사무실 '퍼즐랩'에서 진행한 공주 한 달 살기, 일주일 살기 프로그램이 인기 있었습니다. 행정안전부의 예산으로 공주 밖의 청년들과 시니어들이 공주에서 머물며 로컬의 일상을 온전히 느껴보는 여행입니다. 저희는 로컬 창업에 관심 있는 참가자분들께 '루치아의 뜰' 이야기를 들려주고, 홍차 티클래스를 진행했습니다. 낯선 도시에서 익숙한 공간을 만나고 거기에서 새로운 체험을 하다 보면 공주라는 도시가 차츰 편안한 곳으로 느껴지게 될 것입니다.

오늘도 감영길에서는 새로운 전시가 열리고 있습니다. 도로 한쪽에선 산책하기 좋게 인도를 넓히고, 수형이 멋진 소나무와 가을꽃을 심는 공사가 한창입니다. 비어 있던 가게가 채워지고 주인이 바뀐 공간들은 새로 짓거나 개축을 하며 오픈 준비를 하는 모습도 보입니다.

오랜 시간을 간직한 것들과 새로운 것들이 조화를 이룰 때 아름다운 도시의 풍경이 만들어지는 것이겠지요. 날마다 제가 만나는 이 길과 공간들이 저마다 빛나는 모습을 보여주길 꿈꿉니다.

松茂栢悅

골목 갤러리에서 책방 그림 한 점을 산 날

공주 원도심에서는 몇 년 사이로 작은 책방이 일곱 개나 문을 열었습니다. 무인책방으로 운영되는 가가책방을 시작으로 해서 블루프린트북, 느리게 책방, 봉황동의 길담서원, 최근에 오픈한 안톤 체홉 등이 있습니다.

책을 좋아하는 저는 온라인으로 구매하기도 하지만 짬이 날 때는 제 취향에 맞는 책을 선별해놓은 책방 나들이를 합니다. 좁은 동네에서 같은 업종의 가게가 여럿 생기면 먼저 오픈을 한 주인이 경쟁업체가 생긴다고 느껴 신경이 예민해질 수도 있는데, 공주의 책방들은 그런 염려를 함께 하며 각자 다른 컨셉과 북 큐레이팅으로 손님을 맞고 있으니 참 다행입니다. 어느 곳에 가든 그 집 주인의 취향이 담긴 다양한 책들을 보게 됩니다.

며칠 전 공주 '어반 스케치' 회원전이 열리는 골목 갤러리에 들렀다가 첫눈에 반한 작품이 있었습

니다. 젊은 작가가 세계여행을 했던 곳의 풍경을 드로잉 작업으로 그린 것이지요. 작가님을 직접 보진 못했지만 그녀의 삶이 묻어나는 듯했습니다. 그중에 책방 그림이 있었습니다. 표구도 하지 않은 채 벽에 걸려 있었는데도 다만 그 상태로도 더할 것이 없었습니다. 전설이 된 파리의 아름다운 서점 셰익스피어 & 컴퍼니의 진한 초록색 문이 자꾸 제 발길을 끌어당겼습니다. 제가 초록색을 좋아하게 된 것은 『빨강머리 앤』 책에서 주인공 앤이 살았던 2층집 박공지붕의 초록색 지붕, 그린 게이블즈에 반하고 나서부터입니다.

얼른 빨간 딱지를 붙이고 전시가 끝나는 대로 구매하고 싶다고 했습니다. 그리고 오늘 퇴근길에 곱게 포장을 한 작품을 받았습니다. 작가님께 다시 한 번 작품 설명을 듣고 보니 프랑스 센 강 왼쪽, 시테 섬 가까이에 있는 작은 서점의 모습이 더욱 따뜻해보였습니다. 100년이 넘은 그곳의 초록색 문을 열고 헤밍웨이와 앙드레 지드가 오늘도 찾아올 것만 같았어요. 이제는 파리를 사랑하는 사람들에게 성지가 되어버린 곳, 가난한 작가들에겐 잠자리를 내어주기도 했던 책방.

이곳이 지향하는 바도 참 아름답습니다. 책방 안에는 아일랜드 시인 윌리엄 예이츠의 시 구절인 '낯선 이를 냉대하지 마세요. 그들은 변장한 천사일지도 모르니까요'가 붙어 있습니다.

얼마 전에는 이 책방이 103년째 같은 이름으로 센 강변에서 방문객들을 맞았지만 3년 이상 계속되는 코로나 여파에 매출이 80% 이상 감소되면서 경영난이 가중되었다는 기사를 접하고 마음이 무척 아팠습니다. 다행히도 이 서점을 아끼는 고객들의 도움으로 어려운 시기에도 나아갈 길을 찾았다는 기쁜 소식도 들었었죠.

셰익스피어 & 컴퍼니 서점을 담은 한 점의 그림을 매일같이 바라보며 공주에서 소리 없이 응원하는 마음을 보태고 있습니다. 이런 아름다운 서점, 아니 100년을 이어가는 작은 가게가 공주 원도심의 골목골목에도 넘쳐나길 소망해봅니다. 당분간 책은 동네 책방에서만 구입하는 것으로 할까 합니다. 그러면 책방들의 빈 서가에는 다시 새로운 책들이 가득 차겠지요.

내가 옛 대통사터를 좋아하는 이유

어제는 오랜만에 동네 산책을 했습니다. 옛 대통사터에 피어 있을 연분홍 벚꽃을 떠올리며 제민천을 따라 걸었어요. 역시나 벚꽃이 한창이었고 마실 나온 할머니들이 정자에 앉아 있는 게 보입니다. 이곳은 백제시대 때 성왕이 아버지 무령왕을 위해 건립한 절이 있던 터인데 지금은 동네 할머니들의 놀이터이자 사랑방입니다. 그야말로 '정중동'이지요. 할머니들의 웃음소리가 오래된 시간 속에 머물고 있는 고요한 대통사터의 풍경을 생기로 채웁니다.

누워 있는 분, 정자 기둥에 기댄 채 다리를 뻗고 이야기를 하고 계시는 분도 보입니다. 동장님께서 지난겨울 방한용으로 쳐주셨던 비닐 천막은 바람에 펄럭이고, 동네 길냥이들과 당신들이 끌고 온 보조용 유모차가 봄 햇살 속에 함께 앉아 있습니다. 할머니들은 늙을수록 빨간색을 좋아하시는 것일까요? 입고 오신 옷이 거의 빨간색입니다. 꽃무늬 티셔츠, 점퍼, 줄무늬가 들어간 스웨터에 쓰고 계신 모자까지. 머리는 까맣게 염색을 하시고 뽀글 퍼머를 하셨으니 할머니 나름대로는 한껏 모양을 내셨나 봅니다.

할머니들은 활짝 피어난 벚꽃을 바라보며 당신들의 화양연화를 이야기하고 계십니다. 맞은편에 있던 할아버지들 정자는 대통사지 확장공사를 하면서 없어진 듯해요. 그 전에는 늘 따로 앉아 계셨습니다. 젊어서부터 내외를 하며 사셨던 할머니, 할아버지들은 그렇게 속절없이 따로 떨어져 바라보기만 하셨지요.

어쩌다 행사가 있어서 대통사지에 야외 특설무대가 만들어지고 로컬 마켓이 열리는 날이면 할머니들도 구경거리에 흥이 나십니다. 귀농한 청년 농부와 동네 떡집 사장님도 판을 벌이셨네요. 그분들이 방금 만들어 온 쑥개떡과 포실포실한 울타리 강낭콩을 넣고 찐 보리빵 서너 개를 사서 나누어주십니다. 당신이 젊어서 배

곯았던 시절에 드셨던 떡인 것이지요.

“새댁, 참 곱기도 하네, 좋~을 때다.” 하시며 어서 먹어보라고 재촉을 하십니다. 주최 측에서 마련한 생수 한 병을 받아들고 관람석에 앉아 계신 모습을 보면 저희 할머니가 와 계신 듯도 합니다.

오늘은 여덟 명이나 되는 할머니들이 나와 계셔서 정자가 가득 찼습니다. 대부분 홀로 되신 분들이라 부끄러움도 없이 입담이 거침없으십니다.

“아휴, 난 브라자 못혀. 답답해.”

“얇은 거 입으면 젖꼭지가 삐죽 나오잖여. 그랑께 브라자 혀야 해.”

“시방 봐줄 서방도 없으면서.”

“그러게. 내 젖꼭지 이쁘다고 엄니가 시집가면 남편 사랑 많이 받을 거라고 했는데 말짱 거짓말이랑께. 뭐가 그리 급해서 빨리 갔는지….”

“나도 젖이 커서 여름에 엄청 대간혀. 땀이 줄줄 흐르고.”

제 할머니도 여름에 브래지어를 하지 않으셔서 언제나 모시적삼 안에 젖이 축 늘어져 있었습니다.

"성님-, 복지관 다녀오셔? 이리로 올라 앉아요. 어서! 양철집 할머니가 주먹 같은 노란 감자 쪄왔어."

"그려!"

할머니들이 마주 앉아 웃으며 주고받는 이야기를 듣다 보니 한 편의 소설을 읽는 것 같았습니다. 입담 좋으셨던 제 할머니 모습도 자꾸자꾸 겹쳐집니다. 당신들의 이야기는 끝없이 계속되고, 잠시 저희 할머니와 같이 걷고 있는 듯한 흐뭇한 봄날이었습니다.

어릴 때 저는 할머니와 같은 방을 썼습니다. 바로 밑의 남동생이 연년생으로 태어나면서 당신 품에서 컸다고 합니다. 손이 귀했던 집안에 몇 십 년만에 태어난 첫 손주인지라 더욱 귀애하셨고 엄마를 대신해 늘 제 곁에 계셨습니다. 해마다 여름밤이면 당신 무릎 위에 절 눕히고 "금자동아 은자동아, 금을 주면 너를 사랴, 은을 주면 너를 사랴…" 자장가를 불러주시며 잠들 때까지 모기를 쫓느라 부채를 살살 부쳐주셨던 할머니.

할머니 무릎 위에 누워 듣던 자장가를 통해 제가 얼마나 귀한 존재인지를 느낄 수 있었고 세상을 아름답게 보는 눈을 갖게 되었습니다. 그치지 않고 이어지는 노랫말은 저절로 제게 저장되어 지금까지 글을 쓰는 데 원천이 되어주고 있습니다.

겨울에는 뒤란 항아리에서 달콤한 고염과 손수 만드신 타래과와 강정을 벽장에서 꺼내주셨지요. 한번은 엄마가 할머니를 위해 만들어놓으신, 까만 깨를 볶아서 꿀에 잰 것을 저만 먹으라고 떠주신 적도 있습니다. 어쩌다 배탈이 나면 "내 강아지 배는 똥배, 할미 손은 약손!" 하시며 아픈 배를 밀어주시면 신기하게도 바로 나았습니다. 그때 느꼈던 할머니의 특별한 마음과 손길을 저는 오랫동안 가슴에 품고 있었고, 아들을 낳고 키울 때 할머니 방식을 그대로 따라 했습니다.

결혼을 하고 남편과 함께 인사를 갈 때면 늘 할머니는 말씀하셨지요.

"박 서방, 말로 떡을 하면 조선 팔도 백성이 다 먹고도 남는다네. 자네 많이 배

웠다고 말만 번지르르 하면 못써. 우리 애 많이 아껴줘야 하네. 내 자네만 믿겠네."

그리곤 정갈하게 빗어 올린 머리에 은비녀를 꽂고 마당이 보이는 마루에 앉아 계셨지요. 할머니는 아흔 살까지 장수를 누리셨지만 망령된 말씀이나 이상한 행동을 하신 기억은 없습니다.

해마다 음력 삼월인 봄이 오면 당신 생신 잔칫날입니다. 살구색 바탕에 꽃무늬가 들어간 모본단 한복을 곱게 차려 입으신 할머니가 친척들의 축하 소리와 함께

상을 받고 나면, 아버지와 삼촌은 번갈아 할머니를 업어드렸습니다. 그러면 할머니는 "얼씨구! 좋~다!" 덩실덩실 춤을 추시며 꼭 노래를 부르셨지요.

"노세 노세 젊어서 노세. 늙어지면 못 노나니. 아니 놀지는 못하리라, 차차차!"

잔치 분위기가 점점 흥겨워지면 할머니는 저를 찾으십니다.

"아이고 내 새끼! 우리 큰 손녀딸, 이런 날은 너도 할미 위해 한 곡조 뽑아야지."

"동구 밖 과수원 길 아카시아꽃이 활짝 폈네. 하얀 꽃 이파리…"

제가 노래를 부르고 나면 할머니가 저를 끌어안고 손을 잡은 채로 또 노래를 부르셨습니다. 오랜만에 모인 친척들의 박수 소리도 한동안 계속됩니다.

신기한 것은 이렇게 마음을 나누며 진하게 할머니의 생신 잔치를 함께 하고 나면 친척들과 동네 어르신들이 더 이상 어렵지가 않고 가깝게 느껴졌습니다.

할머니가 이 세상에 안 계신 지금, 레파토리도 다양한 당신의 노랫소리가 어디선가 들려오는 듯합니다. 저는 기억 속의 할머니를 떠올리면서 새삼 그 봄날의 아득함 속으로 들어갑니다. 제 어릴 적 참으로 따뜻했던 풍경들 속으로.

제가 옛 대통사지를 좋아하는 이유는 그곳에 정자가 있고, 그리운 할머니가 그 가운데 보이고, 목소리가 들리기 때문입니다. 저분들 속에 당신이 있습니다. 이런 저런 말을 저에게 건네는 듯도 합니다. 허공에 울려 퍼지는 농 섞인 유머와 그 말들을 전 제대로 읽을 수 있습니다. 그렇게 생각하면 이곳이 할머니의 품처럼 더욱 넓게 느껴집니다.

그 정자 위로 따스한 사월의 햇살이 퍼집니다. 이제 이곳은 누군가에게는 '엄마의 마을회관'이 되었고, 의지할 데 없는 길냥이들과 동네 할머니들, 그들에게는 '그들의 안방'이 되었습니다. 그러는 사이 몇 번의 봄이 지나갔습니다.

봄의 판타지,
벚꽃의 찬란한 카타르시스여

퇴근길, 가족들과 함께 박물관 산책을 했습니다. 충남도역사박물관이 활짝 핀 벚꽃으로 봄의 황홀경을 이끌고 있었어요. 벚꽃은 해가 저물고 저녁 바람이 이는 때가 가장 아름답습니다. 특별히 이 박물관의 벚꽃은 충남도 내 벚꽃의 결정판이라고 보아도 틀림이 없습니다. 오래된 벚나무에 매달려 박물관을 환하게 하는 꽃잎, 꽃잎, 꽃잎들….

박물관은 주차장 공사가 한창이라서 입구 찾기가 어려웠습니다. 간신히 계단 쪽으로 가서 그저 한 걸음씩 올라가는 수밖에 없었어요. 계단 끝에 올라서니 절정에 도달한 꽃들과 벚나무 사이로 보이는 보름달이 특별한 감흥을 불러일으켰습니다. 우리는 자꾸 하늘을 쳐다보았습니다. 만개한 벚꽃은 한꺼번에 피어나 구름 같이 떠 있다가 한꺼번에 눈처럼 떨어집니다. 다섯 장의 작은 꽃잎이 봄바람에 아래로 아래로 떨어지며 다시 꽃을 피웁니다. 이렇게 꽃비가 내립니다. 벚꽃은 아름다움의 절정에서 와르르 무너져 내립니다. 벚꽃의 낙화는 곱고 깔끔한 것이 매력적입니다.

아, 벚꽃의 찬란한 카타르시스여!

이 밤, 벚꽃만이 눈부신 것이 아닙니다. 어떤 이는 잠시 치열한 경쟁과 지친 삶을 벗어놓은 채 벚꽃 나무 아래 앉아 있고, 남편은 구름 같은 벚꽃의 몽환경을 찰칵, 카메라에 담고 있습니다. 학생들 몇몇은 친구들과 함께 다정한 포즈로 깔깔 웃음을 날리는데, 그 사이로 벚꽃이 하늘거립니다.

오솔길에는 고목이 된 벚나무 네 그루가 비스듬히 누워 있습니다. 나무껍질은 거칠게 굴곡이 패여 있는데 균열의 무늬는 나무가 살아온 세월만큼의 무게와 고

통이 배어 있는 듯합니다. 추운 겨울을 견뎌낸 무늬로 산전수전의 세월이 느껴지는군요. 그 상처의 흔적들 위로 새로 돋아난 꽃잎 몇 송이가 눈길을 끕니다.

해마다 박물관의 벚꽃 지는 소리와 그 정취에 젖어 보는 것만으로 전 기쁩니다. 그 계절의 신비를 보여주는 박물관에서 봄빛에 취하고, 아들은 일터에서의 긴장을 풀었던 시간, 남편은 가족들과 함께 있음으로써 즐거워했습니다. 그 날 사진 속의 우리는 모두 다정한 미소를 짓고 있었습니다.

박물관 맞은편 중동성당에 막 은은한 불빛이 드리우는 모습이 보입니다. 그 풍경에 취해서 잠시 걸음을 멈추고 그곳을 향해 바로 선 후 한참을 바라보았습니다. 고즈넉함 속에 다가오는 무엇이 뜨겁게 느껴졌습니다. 중동성당의 불빛을 보

면서 제 소망도 기도했습니다. 벚꽃 나들이를 하는 이 시간이 제게 의미 있는 시간이 되도록 신께서 보내준 선물인가보다 싶기도 했습니다. 이렇게 충남도역사박물관과 중동성당은 서로 멀리서 건너다봐야 아름다움이 배가됩니다. 금강철교와 공산성이 그러하듯이. 둘이서 빚어내는 풍경이 일상에 찌든 마음을 깨끗이 털어 줍니다.

가까이에서 이런 풍경을 바라볼 때면 아직도 저는 가슴이 뛰고 그 사실을 누구에게든 알리고 싶습니다. 또 문득 누군가 제 이름을 부르며 그곳에 함께 가자고 초대해주면 좋겠습니다. 어쩌면 우리는 그곳에서 서로의 내밀한 이야기를 나눌지 모릅니다. 내일부터 이틀 동안 비가 내린다고 하는데 비바람에 벚꽃이 다 떨어지면 어쩌나 벌써부터 걱정이 큽니다.

저녁 달빛을 받으며 집으로 향하는 길, 여전히 어여쁜 꽃잎들이 흩날리고 있습니다. 그 꽃잎을 밟으며 박물관을 내려왔고 밤은 점점 깊어갑니다. 일 년 중 이렇게 설레는 날은 오래 마음에 남아서 두고두고 기억하게 됩니다. 나이 들수록 가족 간의 친밀함이 얼마나 큰 축복인지 새삼 깨닫습니다. 그리고 사람은 사랑하는 사람 없이는 살 수 없다는 사실 또한.

영명중.고등학교
YEONG MYEONG JUNIOR
/SENIOR HIGH SCHOOL
21 국고개길 25
Gukgogae-gil
天主教會
T.856-7507
23

언덕이라는 말

- 국고개 언덕에서

언덕이라는 말을 좋아합니다. 언덕의 사전적 의미는 두 가지입니다. 땅이 비탈지고 조금 높은 곳과 보살펴주고 이끌어주는 미더운 대상을 뜻하지요. 부모님처럼 힘들 때 의지가 되어주는 사람을 말하기도 합니다. 그래서 '비빌 언덕'이라는 말도 생겨났지요.

공주에도 언덕이 있습니다. 그 언덕에는 오랜 시간 전해온 전설과 높은 곳에 올랐다는 뿌듯함, 아래를 내려다보는 특별한 풍경이 펼쳐집니다. 바로 효자 이복의 이야기가 있는 국고개 언덕과 그 위의 중동성당입니다.

고려 시대 공주의 옥룡동 비선 거리라는 마을에 어린 나이에 아비를 여의고 살아가는 소년 이복이 있었습니다. 어려서부터 남의 집 일을 하고 그 품삯으로 음식을 얻어 눈먼 어미를 봉양하였지요. 어느 추운 겨울날, 밥과 국을 얻어 품에 안고 집으로 가는 길에 그만 미끄러지고 말았습니다. 어머니께 드릴 밥과 국을 땅에 쏟자, 효자 이복은 그 자리에 주저앉아 굶주릴 어머님 생각에 통곡을 하였습니다. 이후 이복이 넘어진 그 자리를 '국을 엎질렀다'는 뜻으로 갱경(羹傾)골이라 부르게 되었고, 후에는 국고개라 불리게 되었다고 합니다. 효자 이복이 눈먼 어머니의 언덕이 되어준 것이지요.

국고개 언덕 위에는 중동성당이 기다립니다. 높은 계단을 밟고 한 걸음 한 걸음 올라가야 만날 수 있지요. 성당은 나무로 된 바닥과 높은 천장, 빛을 받은 스테인드글라스의 오묘함, 무채색의 수도복을 입으신 수녀님의 소리 없는 움직임에 더없

이 편안해집니다. 모든 게 과하지 않고 절제되어 있지만 부족함이 없어 보입니다. 빗자루를 들고 마당 청소를 하며 웃고 있는 신자들의 모습이 가을 햇살보다 더 따뜻하게 느껴집니다.

미사 시간이 되어 성당 안으로 들어가니 제대 봉사를 하시는 수녀님께서 미사 준비를 하고 계십니다. 성가대원들이 연습하며 부르는 성가가 성당 안에 울려 퍼집니다. 오늘 중동성당에서 듣는 그레고리안 성가는 특별히 아름다웠습니다.

공주에서 사는 수십 년 동안 제 마음속 언덕으로 자리 잡고 있는 중동성당이 거기 있어 흔들리는 세상에 살면서 휘둘리지 않고 살아갈 수 있었습니다.

계단을 내려오면서 다른 도시에도 언덕 이름을 붙인 곳이 많다는 것을 알았습니다. 대구의 청라언덕, 경주 화랑의 언덕, 거제 바람의 언덕, 프랑스의 몽마르뜨르 언덕, 피렌체의 미켈란젤로 언덕 등입니다. 이곳에 가면 언덕에 떠다니는 무수한 삶의 전설들을 만날 수 있겠지요. 그 이름 붙인 대자연과 미더운 존재들이 슬며시 우리를 어루만져주고 보살펴 줄 것만 같습니다.

바라보는 것만으로도 위로가 되는 중동성당

공주 지역 최초의 천주교 성당으로 본래 이름은 공주 성당이었습니다. 붉은 벽돌 건물은 아치 형태의 문, 높은 종탑 등 전형적인 고딕 양식을 따른 아름다운 건축물입니다. 1898년 초대 신부였던 프랑스 기낭 선교사가 11칸짜리 기와집을 매입해 성당 및 사제관, 수녀원으로 사용했던 장소이며 충남 일대에 천주교를 전파하는 중심지였습니다. 현재의 성당은 1937년 최종철(마르코) 신부에 의해 완공되었습니다.

공주를 생각할 때마다 저는 먼저 현대아파트와 중동성당을 떠올립니다. 1995년 2월말에 공주로 이사를 왔으니 공주에서 뿌리를 내리고 산 지 서른 해가 되어갑니다. 그 사이 즐거운 일, 기쁜 일도 많았지만, 제 기억 속의 공주는 춥고 스산한 느낌으로 남아 있습니다. 아직 봄이 오지 않은 때여서였을까요.

꼬불꼬불 차령 고개를 넘어 도착한 곳은 금강 변의 현대 1차 아파트 4층이었지요. 아들이 세 살 때였습니다. 연고가 아무도 없는 곳에서 저는 공연히 주눅이 들었습니다. 남편이 학교로 출근을 하고 나면 어린 아들과 함께 둘이서 지내야 했기 때문에 답답했지요. 낯선 곳에서 맞이하는 나날들은 막연한 두려움과 막막함을 동반했습니다.

그래도 이내 봄이 왔기 때문에 베란다 창문을 활짝 열고 아파트 화단에 심어놓은 노오란 산수유꽃과 목련꽃잎들이 바람에 날리는 것을 볼 수 있었습니다. 아들 녀석은 제 품에 안겨 나뭇잎이 흔들리는 것을 보며 좋아했지요. 아파트에서 바로 보이는 공산성 안에는 벚꽃이 하얗게 피어났습니다. 인조 임금이 힘들 때 이곳에서 시름을 달랬다는 곳이기도 해요.

주말이면 서울에서 지인들이 찾아왔고 우리는 갑사까지 공주 투어를 함께 했습니다. 그러면 나를 사로잡고 있던 막막함에서 잠시 벗어날 수 있었습니다. 이 작은 마을에서 내가 할 일이 아무것도 없는 것 같아 더 답답했지요.

그러다가 공주에 정을 붙인 것은 전적으로 중동성당을 찾아가 교적을 옮기고 그곳에 다니게 되면서입니다. 국고개 언덕길을 올라가 성모상 앞에 서니 '루치아, 어서 오너라' 하며 반갑게 맞아주는 듯했습니다. 허전한 마음 틈새로 명동성당에서 처음 세례를 받을 때 무언가 뭉클했던 순간도 다시 떠올랐지요. 성당 사무실에 가서 필요한 절차를 밟고 신부님과 수녀님을 뵈었습니다. 친절한 그분들을 통해서 사랑받는 것이 무엇인지 느낄 수 있었습니다. 이방인들을 따스하게 맞이해주는 성직자, 수도자가 계신 곳에서 안도했습니다. 달라이 라마는 종교에 대해 묻는 어떤 기자에게 조금의 망설임도 없이 이렇게 대답했다고 해요.

"예, 종교란 친절한 마음입니다."

저는 다시 우리가 새로운 곳으로 이사를 해야 한다면 기꺼이 이 국고개 언덕 중동성당 바로 옆으로 와서 살 것이라고 결심을 하며 발걸음을 돌렸습니다.

"너희가 가장 작은 이에게 해준 것이 곧 나에게 해준 것"이라는 성경 말씀을 실천하고 계시는 분들 가까이에서 살고 싶었습니다.

얼마 후 구역장님이 찾아오셨고 성당의 주일미사에 참석하고 구역모임에 나가면서 차차 공주살이에 마음을 붙일 수 있었습니다. 전례 봉사를 하고, 성당 청소를 함께 했습니다. 부활 성야 미사와 성탄 미사 때는 어린 아들을 데리고 함께 갔지요.

신부님의 장엄 축복과 구유 안치, 경배 예절이 끝없이 이어집니다. 아들은 성가대의 장엄한 성가 소리를 들으면서 의자에 누워 잠이 들곤 했습니다. 남녀 혼성 성가대의 목소리가 얼마나 아름다웠는지요. 천상의 소리처럼 들려오던 바흐의 b단조 미사곡과 첼로 소리를 듣고 있노라면 밤새 어두컴컴한 골목에 흰 눈이 사락사락 쌓이는 것만 같았습니다. 이렇게 중동성당은 모든 것이 낯선 공주에서 처음으로 우리를 안아주고 위로해 준 곳이었습니다.

중동성당은 공주 원도심에서 가장 높은 곳에 위치해 있습니다. 국고개의 잔잔한 언덕을 지나 돌계단을 올라가면 오래된 나무와 붉은 벽돌색 건물, 그 위에 종탑을 올린 성당을 만나게 됩니다. 가을이면 성당 뒤쪽 수녀원 안뜰에는 커다란 감나무에 감이 주렁주렁 열립니다. 수녀님은 장대로 감을 따서 주일학교 아이들에게 나누어주시지요.

6·25 전쟁 때는 이곳이 공습대피소였습니다. 서양의 신문물을 처음 접하던 곳으로, 신부님께 크레파스와 색 구슬을 선물 받고 기뻐했을 아이들의 얼굴도 보입니다. 격조 높은 예술의 향기를 뿜어 주는 스테인드글라스 창문으로 쏟아져 들어오는 빛이 그 속에 서 있는 우리들을 비춥니다. 이런 저런 제 해설을 들은 탐방객들은 중동성당을 사랑하게 됩니다.

그것은 단지 근대 건축물에 대한 사랑이 아닙니다. 이곳에서 사랑을 실천하며 살다 간 수많은 성직자들과 평신도들의 삶을 함께 껴안는 것입니다.

마을에서 아끼고 애정을 바칠 수 있는 공간을 가진 사람은 행복한 사람이겠지요. 그런 공간은 과하게 화려하지 않고 사람을 주눅들게 하지 않으면서도 사람들의 영혼을 일깨워주는 장소일 것입니다.

밤이면 멀리서 바라보이는 성당의 따스한 불빛이 성당 건축의 아름다움을 한층 빛나게 합니다. 그 운치에 어디서나 마음이 편안해집니다. 이건 저 혼자만의 느낌이 아닐 것입니다. 고전적 성당이 지닌 건축의 미덕을 잘 보여주고 있습니다. 수십 년 동안 신자들이 미사를 드리며 기도하는 집으로서 그 성스러운 느낌에 저절로 고개가 숙여집니다. 거기에 축복이 있음을 압니다.

방범용 CCTV 작동중
방범용 CCTV 작동중
HOTEL
INK

내 마음속의 금강철교

깊어진 가을, 단풍으로 물든 공산성의 정취와 철교 아래로 흘러가는 금강의 물빛이 곱습니다. 공주에는 제가 매일같이 잠시 바라보는 것만으로도 위로가 되는 풍경이 있습니다. 국고개 언덕 높은 곳에서 은은하게 빛나는 중동성당과 금강철교가 그렇지요. '공주의 퐁네프'라고도 불리는 이 다리는 공주 사람들에겐 유독 애증이 깃든 다리로 그냥 하나의 편의시설로 보아 넘기게 되질 않습니다. 1932년, 공주에 있던 충남도청을 대전으로 옮겨가면서 격한 반대를 했던 공주 시민들의 저항을 무마시키기 위해 만든 다리이기 때문입니다.

계절마다 금강철교는 늘 다른 정취로 다가옵니다. 2월이 되면 반짝이는 금강물과 다리 위 푸른 하늘로 철새 떼가 무리 지어 날아가는 풍경을 보게 됩니다. 어쩌다 그들이 철교 난간 위에 사열하듯 나란히 내려앉아 금강을 바라보는 모습을 만나게 되는 날도 있어요. 그 순간엔 그저 새떼가 어디론가 날아가지 않고 계속 그 자리에 남아 있어 사람들이 그 모습을 보면 좋겠다는 생각을 합니다. 퇴근길, 금강철교에서 바라보는 석양은 하루의 모든 수고와 슬픔을 잊게 합니다. 노을은 강물 위에도 내려앉습니다. 고요히 해가 지는 풍경을 바라볼 뿐인데 저녁노을이 주는 평화로움에 뭉클해지지요. 한마디로 시 그 자체인 시간입니다.

김훈 작가는 그의 산문집에서 사람이 없는 풍경은 보는 사람을 소외시켜서 밀쳐낸다고 했지만 저녁노을이 가득한 풍경은 그것만으로도 충만합니다. 저는 어려서부터 유난히 저녁노을을 좋아했습니다. 온 하늘을 붉게 물들인 꼭두서닛빛 노을이 좋았고 뭔가 가득 찬 느낌도 좋았어요. 친구들이 제 이름자 앞에 들어가는 성씨가 '석'이라서 별명을 '석양'이라고 지어줬는데 석양보다는 좀 더 시적인 '저녁

노을'로 불러달라고 했던 기억도 납니다. 그러면서 저렇게 아름답게 살다가 삶을 마감하면 좋겠다는 생각을 하며 집으로 돌아갑니다.

해마다 백제문화제가 열리는 가을, 유난히 찬란한 햇빛의 금강철교는 활기로 가득 찹니다. 축제 기간에는 진분홍빛 페튜니아 꽃 화분이 오래된 금강철교 난간에 피어납니다. 공주중학교에 다니던 아들은 친구들과 함께 축제 구경을 하며 이 다리 위를 걸어서 집으로 가곤 했습니다. 모처럼의 자유와 해방감에 장난을 치며 걸어갔겠지요. 이런 날은 이 다리가 아들과 친구들의 이야기에 귀를 기울여 주었을 것입니다. 노을이 지기 시작하면 진정한 다리 위의 향연이 펼쳐집니다. 백제 정찬을 맛보고, 백제 차를 즐길 수 있는 아름다운 찻자리를 다리 위에서 만끽할 수 있는 시간이 된 것입니다. 백제복을 입은 사람들과 들차회를 하는 차인들의 자태가 저녁노을처럼 곱디고운 시간이에요.

남편은 오늘도 백 팩을 메고 이어폰을 낀 채 푸른 물빛이 반짝거리는 금강철교 위를 걸어서 출근을 합니다. 공주대학교에 다니는 우리 아르바이트생들은 강바람을 맞으며 자전거를 타고 루치아의 뜰로 옵니다. 저는 오늘 저녁 '풀꽃시문학회' 정기모임이 있는 새이학 식당까지 천천히 걸어갈 것입니다. 철교를 건너 어슴푸레한 공산성을 바라보기도 하면서 문우들이 기다리는 그곳으로 갑니다. 지는 노을 몇 줌 주머니에 넣은 채.

이렇게 금강철교는 우리 가족들이 내딛는 걸음마다 힘을 주고 오롯이 자신의 삶을 마주할 수 있게 해줍니다. 곧 이 다리 바로 옆으로 새로운 다리가 생긴다고 착공식을 했습니다. 그 소식을 듣고 멋진 상상을 해봅니다. 이 다리가 파리 6구역에 있는 '예술의 다리'처럼 공주에서 유일하게 차가 다니지 않는 다리가 되었으면

해요. '예술의 다리'는 '사랑의 다리'로도 불립니다. 수많은 연인이 이곳에 자물쇠를 걸고 영원한 사랑을 약속하기 때문이에요. 공주 금강철교에서도 낭만을 아는 연인들이 서로의 손을 잡고 결혼식을 한다면 얼마나 로맨틱할까요. 면사포를 쓰고 새하얀 드레스를 길게 드리운 신부가 천천히 이 다리를 걸어갈 때 얼마나 눈이 부실까요. 오래전 유럽 여행 중에 그런 결혼식 모습을 본 적이 있는데 지금까지도 행복한 기억으로 남아 있습니다. 정여울 작가는 "아름다운 공간은 단순히 인물 뒤를 받쳐주는 배경이 아니라 우리 삶의 모든 빛나는 순간을 고스란히 담아내는 거대한 마음의 그릇이다."라고 했습니다. 공주 금강철교에서 펼쳐지는 다리 위의 향연도 그럴 것입니다. 아름다움은 세상을 구원합니다.

박해시대 교회의 심장
황새바위 순교성지

황새바위는 1784년부터 1879년까지 100년 동안 천주교 순교자들이 줄곧 목숨을 바쳐 하느님께 대한 신앙을 고백했던 장소입니다. 역사상 가장 많은 수의 순교자를 기록으로 남기며 천주교 박해시대에 한국 천주교회의 심장과도 같은 순교지로 여겨지고 있습니다. 예로부터 황새들이 많이 서식했던 곳이기에 '황새바위' 또는 목에 커다란 항쇄 칼을 쓴 순교자들이 처형당했다 하여 '항쇄바위'라고 불리기도 합니다. 교회기록과 관변기록에서 찾아낸 순교자만도 337위이며, 이들 중 '손자선 토마스'는 성인 반열에 올랐습니다. 또한 공산성, 무령왕릉 등의 백제 세계유산과 함께 공주의 대표적인 문화유산으로서 공주의 천주교 문화를 제대로 보여줄 수 있는 유적이기도 합니다.

순례는 길을 걷는 것입니다. 길을 걷기 위해서는 먼저 내가 어디에서부터 와서 어디로 가야되는 지를 명확히 알아야겠지요. 그렇지 않으면 순례가 아닌 방황이 됩니다. 또한 걸어가야 할 그 방향을 내 스스로는 알 수 없기에, 그 길을 따라 걸을 수 있게끔 동행해주시는 그분을 알아야 합니다.

성지에 도착하면 맨 먼저 돌계단 위에서 예수 성심상이 두 팔 벌려 어서 오라고 맞이해줍니다. 사계절 풍경이 모두 아름다운 곳으로 봄이면 오래된 벚나무에서 벚꽃들이 흩날리고 여름이면 옥잠화와 온갖 우리 꽃이 성모 동산을 가득 채웁니다. 가을이 오면 공산성을 바라볼 수 있는 십자가 언덕의 연리근과 야외 제대의 화살나무 울타리가 빨갛게 단풍이 듭니다.

순교자 광장은 계단을 지나 작은 돌문인 겸손의 문을 통과해야 합니다. 누구든지 머리를 깊이 숙이고 몸을 낮춰야 들어갈 수 있습니다. 그곳은 순교자들을 통하여 내 삶을 비추어보고 신과 가까워질 수 있는 경험을 해볼 수 있는 곳입니다. 겨울이면 그 돌계단에 하얀 눈이 쌓입니다. 조금 더 올라가면 황새바위 순교성지의 상징물인 순교탑이 있습니다. 그 안엔 작은 기도실이 있고 그곳은 절제의 미학으로 설계된 공간으로 경건함을 느끼게 합니다.

성지에 있는 건축물들 중에는 공간의 아름다움을 볼 수 있는 곳도 있습니다. 바로 무덤

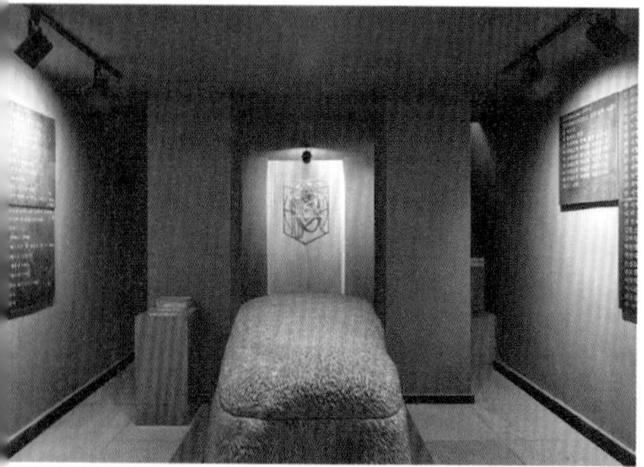

경당과 부활경당입니다. 지하에 있는 무덤 경당은 원로건축가 '김원'님의 작품으로 예수님의 돌무덤을 형상화했습니다. 죽음이라는 종말과 부활이라는 새로운 시작이 함께 공존하는 곳입니다.

황새바위에서 순교한 순교자들의 이름을 하나하나 벽면에 새겨 놓고 돌무덤을 한가운데에 두고 십자가와 고요함만이 감싸고 있습니다. 한 사람이 간신히 들어갈 수 있게 만든 좁은 계단을 통해서 조심조심 몸을 최대한 낮추고 들어가야만 합니다. 그곳의 성스러움이 세상의 소란함에 지친 순례객들의 마음을 어루만져 줍니다. 세례를 받은 지 얼마 안 된 대녀 체칠리아는 처음 이곳에 간 날, 수많은 순교자들의 이름 앞에서 그분의 자취를 보았다고, 자신의 삶을 마주할 수 있게 되었고 온갖 근심을 신께 맡겨드릴 수 있게 되었다고 말했습니다.

부활경당은 생명의 기운이 느껴지는 신비한 공간으로 4,000점의 백자 도자기 평판 벽화 작품들이 모여 전체 벽을 모두 채우고 있습니다. 2017년에 세상을 떠난 화가 조부수님이 살아생전 마지막 순간까지

수년에 걸쳐 작업한 한 조각 한 조각의 그림들이 너무도 아름다운 색채로 남아 있습니다. 그래서 슬픔이 먼저 다가오는 곳이지요.

그는 떠났지만 이곳에서 순례객들은 화가 조부수님과 다시 만나고, 부활하신 순교자 한 분 한 분을 만남으로써 자신이 지고 가야 할 십자가를 이겨낼 수 있는 힘을 얻게 되기도 합니다. 대전에서 신부님과 함께 도보 성지순례를 온 청년들이 미사를 드리며 기쁘게 부르던 성가 소리가 이곳을 채우던 때가 뚜렷한 기억으로 남아 있습니다.

여유로운 날에 한 번쯤 제민천을 따라 걸을 일이 있다면 황새바위에 들러 보세요. 순교자들의 못자리. 천주교가 박해를 받던 시기에 이곳에 스민 순교자들의 유산을 마주해 보고 그들을 어렴풋이나마 떠올려 보는 것도 분명 좋은 하루 나들이가 될 수 있겠습니다.

나태주 풀꽃문학관에서 제민천 옆 '잠자리가 놀다간 골목'까지 이르는 골목길입니다. 풀꽃 시인으로 잘 알려진 나태주 시인이 늘 자전거를 타고 산책하는 길이지요. 시인의 집과 풀꽃문학관, 시집 한 권이 펼쳐져 있는 듯한 '나태주 골목길', 옛 호서극장을 지나서 루치아의 뜰 가는 길, 사계절 꽃이 피어나는 잠자리골목 정원과 길냥이 두 마리가 오랜 친구를 만난 것처럼 반겨주는 골목길입니다. 방송 촬영과 화보 촬영시 꼭 찍는 포토스폿입니다. 이 길을 따라 걸으면 누구나 시인이 되고 싶어질 거예요. 운이 좋으면 나태주 시인을 마주칠 수 있는 길입니다.

PART 2

시인이 사랑한 골목길

시인의집
갤러리 쉬갈
나태주 골목길
풀꽃문학관
공갤러리
감영길
충청감영터
공주제일교회/
기독교박물관

루치아의 뜰
잠자리가 놀다간 골목길
장미골목
호서극장터
대통교
중동교
제민천교

바람에게 묻는다
바람에게 묻는다
지금 그곳에는 여전히
꽃이 피었던가 달이 떴던가
바람에게 듣는다
내 그리운 사람 못 잊을 사람
아직도 나를 기다려
그곳에서 서성이고 있던가
내게 불러줬던 노래
아직도 혼자 부르며
울고 있던가.

시를 찾아 떠나는 나태주 골목길

영화 '일 포스티노'에서 시를 쓰고 싶다고 묻는 집배원에게 파블로 네루다가 해준 말은 "바닷가를 가능하면 천천히 걸으면서 관찰해라"였습니다. 이 말은 공주와 그 골목길들에게도 다르지 않습니다. 오늘날 도시를 만나는 여러 방법 중 매력적인 방식이 산책이고, 소도시를 살려내는 문화의 힘은 넓고 번쩍거리는 대로변에 존재하지 않는다는 것을 말해주는 것이기도 합니다.

제주 이중섭 거리, 추사 김정희 유배길, 서울 최순우 옛집, 이상의 집, 홍난파 가옥 등은 다른 도시의 길과 공간에 붙여진 이름들입니다. 그 이름들을 보면서 부러워한 적도 많았습니다. 이제는 공주에도 그런 곳이 하나 생겼군요. 시 차원에서 앞장서 도시재생사업으로 기존 골목길을 리뉴얼 하면서 '나태주 골목길'이라는 이름도 붙여주었습니다. 공주시가 시를 품었고, 또한 시가 있는 그 골목길을 품어 준 것입니다. 시집 한 권을 펼쳐보는 듯한 이 길은 공주 원도심의 변화를 상징하고 품격을 높여 줄 수 있다 생각되었습니다.

그 골목길에는 시인의 시로써 그의 생애를 만나볼 수 있습니다. 50년 동안 쓰신 다양한 형식의 시가 곳곳에 적혀 있는데 「묘비명」처럼 단 2줄의 짧은 시부터 대표작인 「풀꽃」 연작시 3편, 시인의 등단작인 「대숲 아래서」 등이 그 골목길 초입부터 기다리고 있습니다. 특히 「대숲 아래서」는 본인이 마주했던 실연의 아픔을 서사적으로 표현하고 있는 작품입니다. 여태껏 이렇게 절절하게 쓴 연애편지를 본

적도 없었던 듯합니다. 또한 이 시는 시낭송가들이 아주 애송하는 시이기도 하지요.

공주를 사랑하는 나태주 시인이 실제로 걷는 길을 따라 걸으면 그가 산책하면서 만났던 낮은 집들과 그 집 담장에 색동이불이 널린 풍경을 볼 수 있습니다. 한낮에는 소리 없이 피어난 개망초꽃들과 길냥이들 몇 마리, 그림자를 길게 드리운 여름 햇살, 또한 주말이면 그 길에서 새로운 꿈을 꾸는 젊은이들과 때로는 낯설지도 모를 여행자들의 쉼터가 되어 줍니다.

그들 모두는 마음을 적시는 시 한 줄 한 줄을 따라 읽으며 이루지 못했던 사랑도 떠올리고 실연의 순간도 기억하게 되겠지요. 그때는 마음의 파동과 함께 시의 촉을 품게 되는 순간입니다. 숨어 있던 누군가의 창작에 대한 열정이 피어오를지도 모를 일입니다.

시를 쓰고자 하는 분이 있다면 시인이 사랑한 골목길로 한 번쯤 들어가 끝까지 걸어 보는 것도 좋겠습니다. 그곳엔 돌진하는 세상의 시간과 전혀 다른 속도로 달리는 시간이 살짝 비켜 서 있습니다. 아니 어쩌면 공주 원도심 골목길 한 모퉁이에서 그대에게 다가오는 시의 향기와 촉을 만날 수 있을 것입니다.

밤이 되면 더욱 빛나는 곳도 그 골목길입니다. 마을해설사이기도 한 저는 예쁜 꽃등을 들고 '밤마실' 투어를 진행하기도 합니다. 오늘은 스페인 몬드라곤 대학에서 유학 중인 진수가 친구인 요하네스, 야이샤, 수정과 함께 잠시 귀국하여 부모님과 함께 참가 신청을 했습니다. 저는 그들이 이곳에서 밤마실 산책을 하며 모처럼 여유를 느끼고 떠나기를 바라는 마음뿐이었습니다. 이날은 진수가 따스한 고향의 품에 안긴 시간이었고, 공주 골목길이 멀리에서 온 이방인들을 품어주는 시간이었습니다. 그들의 웃음소리가 골목길 가득 퍼졌고 그 소리에 놀란 이웃집 할머니 댁에서 키우는 개 톰이 짖는 소리가 담장을 넘어왔습니다.

골목길 중간에 놓인 기다란 벤치에 진수와 친구들이 앉았습니다. 그들은 벽에 적혀 있는 시를 읊조리며 시 한 줄이 베풀어준 위로에 기뻐했습니다. 다시 스페인

으로 돌아갔을 때 자신들 앞에 무엇이 기다리고 있을지 휘어진 골목길처럼 알 수 없지만 모든 게 잘 될 거라고 이 골목길이, 아니 거기서 만난 시 한 줄이 그들의 어깨를 감싸주는 것 같았습니다.

그 밤 스페인어를 전혀 모르는 제가 기죽지 않고 당당하게 로컬 투어를 진행할 수 있었던 것도 그 골목길을 좋아하고 거기에 있는 시인님의 시에 자부심이 있었기 때문입니다. 네 명의 친구와 그들 부모님의 감탄과 칭찬에 뿌듯해진 저는 골목길 담벼락에 써놓은 시 한 편을 골라 즉석에서 낭송까지 했었지요.

오래된 옛 사진을 닮은 이 골목길에는 시인의 인생 사계절이 다 들어있습니다. 공주 원도심에서 가장 따뜻하고 아름다운 골목길, 그것은 빈집과 어둠 속에서도 희망의 불빛이 남아 있다는 또 하나의 징표일 것입니다.

묘비명

- 나태주 골목길에서 만난 시 한 편

"많이 보고 싶겠지만 조금만 참자"

이 시는 나태주 골목길 담장에 쓰여 있는 시인님의 많은 시 중에서 「묘비명」이란 짧은 시예요. 오늘 골목길 산책 중에 가장 눈에 들어온 시입니다. 사람들을 좋아하고 그들과의 만남을 기뻐하신 시인님께서는 「묘비명」에 가장 단순한 문장으로 자신의 마음을 표현하셨습니다.

원래 묘비명은 이집트로부터 유래했고, 이행시 형태를 원형으로 삼았다고 합니다. 그렇다고 묘비명이 전통 형식에만 얽매인 것은 아닙니다. 스피노자는 "신에 취한 사람 스피노자", 베이컨은 "아는 것이 힘이다", 고려 충신 정몽주는 "不事二君" 등과 같이 단문의 묘비명도 많습니다. 우리가 잘 알고 있는 다른 시인이나 작가들도 마지막 순간을 묘사했습니다. 괴테는 "좀 더 빛을", 미국 시인 에밀리 디킨슨은 "지금 들어가야겠다. 안개가 피어오르고 있다"라고 말했다지요.

평생 기인으로 살다 간 천상병 시인의 시 「귀천」도 세상을 떠나는 사람의 글로서 아름답게 기억되는 작품입니다. 고달픈 이 세상의 날들을 아름다운 소풍으로 묘사하다니요. 현세에서의 시인의 삶은 결코 편안하지 않았는데도 말입니다.

조지아의 화가이며 '백만 송이의 장미 화가'로 불리는 니코 피로스마니의 묘비명은 그의 황홀한 로맨스를 기억하게 한다고 해요. 러시아 가수가 불렀던 노래를 심수봉이 번안해서 애절하게 불렀던 노래 '백만 송이 장미'엔 그의 묘비명이 들어 있습니다.

"내 피로 피어난
백만 송이 붉은 장미
이미 당신에게 주었으니
내 무덤 옆에는
단 한 송이의
붉은 장미도
놓지 마라"

우리들은 세상에 사는 동안 수많은 말을 하고 살아갑니다. 그 중에 의미 있고 기억에 남을 만한 말은 몇 마디 안 될 거예요. 하지만 삶을 마치며 죽기 전에 자신의 묘비에 남길 한마디는 삶의 철학과 기막힌 아이러니와 재치가 담겨 있는 의미심장한 말이겠지요.

제가 죽을 때는 어떻게 죽음을 맞이하고 무슨 말을 묘비에 써야 할지 생각해 보았습니다. 오래전 성당에서 진행하는 부부교육을 받으면서 죽음에 대한 주제로 참가자들과 나눔을 했습니다. 그때 장지와 장례식과 안구 기증 등을 서약하고 다가올 노년의 삶을 생각하고 쓴 제 묘비명입니다.

"사는 동안 꽃처럼"

이 한마디를 매일 같이 되뇌면서 제 삶은 그만큼 단단해졌지요. 꽃들은 서로 시샘하지 않고 각자의 자태와 향기로 철 따라 피고 집니다. 꽃을 좋아하는 저는 루치아의 뜰에 핀 우아한 작약꽃과 때가 되면 송이째 뚝 떨어지는 동백꽃처럼 살아가겠다고 다짐했습니다. 그 다짐이 저의 마지막 날까지 이어질 수 있기를 늘 바랍니다.

Lespo

풀꽃 시인의 집
나태주 풀꽃문학관

나태주 풀꽃문학관은 1930년대에 지어진 일본식 가옥입니다. 일제강점기에 옛 헌병 대장 관사로 쓰였던 것을 공주시가 도시재생사업으로 리모델링하여 2014년 10월 17일에 개관했어요. 작가의 생전에 문학관을 세우는 것도 흔치 않은 일이지만 이러한 통념을 깨고 개관한 나태주 풀꽃문학관에는 그의 작품 세계를 오롯이 느낄 수 있는 많은 시집과 시인이 아끼는 책들, 교류하는 화가들의 그림이 전시되어 있습니다. 공주시청 평생교육과에서 주관하는 '풀꽃시인학교' 강의도 바로 이곳에서 진행됩니다. 많은 이들이 시에 관심을 가질 수 있도록 돕는 공간이자 소통의 공간으로 거듭나고 있어요. '풀꽃시문학회' 동인이 꾸려져 있고, 2014년부터 '전국풀꽃시낭송대회'를 열어 공주를 시의 고장으로 가꿔나가고 있습니다.

드디어 오늘의 종착지인 나태주 풀꽃문학관에 도착했습니다. 공주 봉황산 아래 자리한 자그마한 일본식 적산가옥은 고요로 가득합니다. 도심 속에 있는데도 깊은 산속에 들어와 있는 듯한 느낌을 줍니다. 저는 나무로 된 마루를 밟을 때마다 발소리가 날까 봐 살짝 까치발을 들곤 합니다. 늘 조용해서 더 편안하게 시인의 속삭임을 들을 수 있고, 시의 감동을 온전히 느낄 수 있는 곳이지요. 평일에는 방문객이 많지 않아 혼자나 둘이서 찾게 되면 당신도 또 한 송이의 풀꽃이 됩니다. 작고 오래된 공간이 주는 깊고 묵직한 울림에 마음을 열어보세요.

이곳은 본래 100년 전쯤 일제강점기에 헌병 대장 관사로 썼던 곳입니다. 지금은 시인의 작품들과 시인의 손길로 가꾼 많은 꽃이 여행자들을 따스하게 반겨주는 곳으로 거듭났지요.

시인이 즐겨 연주하는 풍금이 보입니다. 시집과 찻잔들, 친필로 쓴 시화와 병풍

에 그린 그림들까지 세월이 담긴 사물이 가득합니다. 그래서 더 친밀하게 느껴지는 곳이기도 합니다. 봄이 오면 이곳은 온갖 꽃들로 얼마나 아름다운지 모릅니다.

제일 먼저 방문객들을 반기는 것은 진입로 담장에 쓰여 있는 시화입니다. 그 옆은 시인의 자전거가 서 있군요. 시인이 문학관에 지금 계신다는 걸 이 자전거가 말해 줍니다. 소박하고도 정다운 풍경입니다.

공주에 살면서 나태주 시인님과 가까이에 사는 건 큰 축복입니다. 그분과의 만남은 책 한 권을 읽고, 글을 한 편 썼을 때 느끼는 즐거움과 또 다른 기쁨을 줍니다. 시인님은 시집에 사인을 하실 때 자신이 직접 쓴 글씨에 조그만 꽃 그림을 그려주십니다.

시인님의 삶은 성공한 인생이지만, 그의 일상은 놀라울 정도로 소박합니다. 사람들이 선물한 예쁜 것들은 당신이 아끼시는 풍금 위에 올려두고 보신다고 해요.

시인님의 풀꽃 정원에는 보랏빛 붓꽃과 빨간색 유홍초가 별처럼 피어납니다. 그 자잘하고 소소한 삶의 기쁨을 시로 노래하십니다. 힘든 시기를 홀로 터덜터덜 걸

어가는 당신을 본다면, 시인님은 아마도 분명 이렇게 말할 거예요. 고개 들어 하늘을 보라고. 눈부신 하늘, 떼 지어 노는 아이들, 어여쁜 여인의 머리카락 그 모든 것을 놓치지 말라고. 인생의 아름다움은 그런 자잘한 풍경에 깃들어 있다고 말입니다.

나태주 시인님은 멋쟁이시기도 합니다. 문학관 담소방이건 집필실이건 시인님이 드나드는 자리에는 늘 차 한 잔이 있고 작가들의 그림이나 조각품이 놓여 있습니다. 마주하고 차담을 나누는 중에도 무심코 눈을 들어 보면 풍금 위에 놓인 백자 다관에 눈이 가고, 맑은 풍경 소리가 들립니다.

어쩌다 행운이 찾아온 날에는 시인님이 직접 연주하는 풍금 소리에 맞춰 다함께 '오빠 생각'과 '섬집 아기' 등의 노래를 부르기도 합니다. 모두 한국인들이 좋아하는 동요로 대숲을 넘어가던 바람도 잠시 머물러 귀 기울입니다.

풀꽃문학관은 계절에 따라 느낌이 다릅니다. 여린 풀꽃들이 화사하게 피어나는 봄이 가장 아름답긴 하지요. 햇살은 아지랑이처럼 간질이는 느낌이고 사랑스럽습니다. 여름에는 대나무숲이 더 푸르르고 담장에 오래 묵은 능소화가 늘어집니다. 가을의 정취도 좋습니다. 봉황산 자락 단풍의 멋스러움은 물론 작은 집 한 채의 조용함과 고요함이 더욱 분명하게 느껴집니다. 편안함의 극치라고 할까요. 그래서 더 좋습니다.

가을의 어느 날 풀꽃시인학교 강의 중간 즈음에 시인님께서 강의실 문을 열었을 때 새하얗게 핀 구절초꽃이 뒤뜰 담벼락에서 쏟아져 내리고 있었습니다. 그때 강의실에 앉아서 건너다본 하얀 꽃 무더기의 풍경을 잊을 수가 없습니다.

눈이 내릴 때의 풀꽃문학관은 적막합니다. 오가는 이들의 발걸음도 드물고 적산가옥에 부는 겨울바람 소리만 추녀 밑을 감돌지만 시인의 다정한 환대와 손수 우려주는 따뜻한 홍차 향기가 코끝을 스칩니다.

자, 이제 풀꽃 시인의 집으로 떠나는 피크닉을 상상해보시지요.

언제든 아름다운 이 공간이 널리 알려지는 것이 좋으면서도, 내심 아쉽기도 합니다. 더 유명해지기 전에 한 번씩 방문해 본다면 값진 기억들을 얻어갈 수 있을 것입니다.

능소화 아래서

7월이 되자 골목길에는 미국 능소화가 피기 시작했습니다. 해마다 여름의 시작과 끝을 능소화는 적황색으로 화려하게 장식해 줍니다. 이 종은 우리가 알고 있는 보통의 능소화보다 색은 더 붉지만 꽃의 크기가 조금 더 작고 나팔 모양도 뾰족한 게 특징입니다. 지네의 발처럼 흡착 뿌리가 있어서 키가 큰 전봇대를 끌어안듯이 타고 올라갑니다.

미국 능소화 줄기에 달린 꽃들은 붉은 트럼펫들이 줄줄이 달려 있는 것처럼 보이기도 합니다. 어디선가 노래 소리가 들려오고, 능소화는 여러 송이가 통째로 골목길 바닥에 떨어지기도 합니다. 그러면 천천히 길을 찾아가던 여행객들의 발길을 잡기도 합니다.

극장 뒷골목 옛 직물공장이 있던 그 자리, 이제 여직공들이 모두 떠난 지는 오랜 세월이 지났지만 능소화만은 그대로 남아 매해 여름 새로 피어나고 있습니다. 꽃송이 송이에는 먼 데 세상 그리워하던 여직공 미자의 얼굴도 보이는 듯합니다.

능소화가 장관인 곳은 서울 성북동에 있는 길상사입니다. 그곳에는 담벼락에도, 뜰에도, 스님들의 처소 곁에도 붉은빛 능소화가 피어 있었지요. 공주에서는 골목길을 걷다가 만나는 빈집 담장 위에서 저 홀로 피어나 탐스러운 꽃송이들을 내어줍니다. 저는 더 큰 풍요 속으로 들어갑니다. 능소화 꽃다발을 만들어주고 싶은 사람들을 떠올리면서.

옛 호서극장 앞에서

- 내 상상 속의 딸에게 보내는 편지

온유야, 오늘은 엄마가 공주 중동에 있는 옛 극장에서 너에게 편지를 쓴다. 호서극장은 공주에서 가장 큰 극장이었지. 지금은 비록 찾는 사람이 없어 폐관이 되었지만 한때는 이곳에서 정치인들은 선거 유세를 했고 바로 옆에 있는 중동초등학교 학생들은 학예발표회를 하기도 했던 곳이야. 시내 중·고등학교 학생들은 시험이 끝나면 단체관람을 하러 왔지. 대학생들은 밤늦게까지 여기서 연극 연습을 했다고 해. 그래서 수많은 공주 사람들은 이곳에서 그 의미를 찾고 되살아나길 바라고 있단다.

김홍정 작가가 그의 소설 「호서극장」에서 언급했듯이 이 극장은 그때 당시 학생들의 여가문화 공간이었고, 공주 사람들 모두에게 꿈과 사랑을 심어주었던 곳이란다. 엄마는 얼마 전에 이 극장 안에 들어가 볼 기회가 있었지. 텅 빈 객석 의자가 그대로 있더구나. 1층에는 매점이 있었고 2층 계단으로 올라가면 영사실이 있었다고 해. 그래도 밖에서 볼 때보다는 덜 훼손된 것 같아 마음이 놓이더구나. 부수지 않고 잘 살릴 수 있으면 좋겠구나.

아빠, 엄마는 젊었을 때부터 영화를 좋아했단다. 쉬는 날이면 동네 비디오 가게에서 비디오테이프를 서너 편씩 빌려다 하루 종일 보았지. 그런데 영화는 극장에서 거대한 스크린으로 봐야 제맛이란다. 그래야 화면을 가득 채운 배우들의 움직임과 음향까지 제대로 몰입해서 감상할 수 있단다. 서울 명보극장, 대한극장, 피카디리 극장도 자주 갔었는데 그때 아빠와 함께 본 많은 영화는 지금까지도 마음의 일렁임으로 남아 있단다.

아빠는 '닥터 지바고'와 '길'을 좋아했어. 엄마는 '바람과 함께 사라지다', '애수', '아웃 오브 아프리카', '패왕별희', '해리가 샐리를 만났을 때', 최근엔 '헤어질 결심'

까지 배우도, 영상도, 음악도 너무나 아름다운 영화들이란다.

온유야, 호서극장에서 가수 남진과 나훈아가 공연을 할 때는 그 공연을 보려고 사람들이 50미터까지 줄을 서서 기다렸다고 해. 가까이 있는 직조공장 사장님과 직공들, 동네 어르신들이 많았지. 잘 나가던 극장이 내리막길로 들어서면서 동시 상영을 하기도 했단다.

액션 영화 한 편과 에로물을 묶어 상영했지. 세 시간 동안 꼼짝 않고 어두컴컴한 극장 안에 앉아 있어도 전혀 지루하지가 않았다고 해. 영어 단어는 수십 번을 외워도 외워지지 않았지만 한 번 본 영화는 주인공 이름이 저절로 외워졌다고 해. 호서극장 주인은 산성시장 맞은편에 지금은 사라진 〈중앙극장〉을 세우기도 했단다.

아빠 친구는 돈이 없어서 마지막 상영시간인 9시 15분 즈음에 가서 극장 매표원이 빠져나간 뒤에 입장료를 안 내고 몰래 들어가서 영화를 보았다고 해. 앞부분 일부를 못 보았지만 그래도 그렇게라도 볼 수 있어서 좋았다고 해. 나중엔 매표원

公山城의

과 친해져서 공짜로 보러오라고도 했지. 여고생들은 기숙사에서 몰래 빠져나와 임예진 주인공의 '진짜 진짜 좋아해'를 보고 나오다가 학생지도 선생님께 들켜서 다음날 학교로 부모님이 소환되셨지.

영화 '로미오와 줄리엣'을 보고 여자 주인공 역의 배우 올리비아 핫세의 아름다움에 반한 남자들은 그녀의 사진을 품고 다녔단다. 연습장 표지에도 그녀가 있었고, 엽서에도, 동네 가게 벽마다 포스터가 붙어 있었단다.

얼마 전 엄마는 그걸 TV로 혼자 다시 보았는데 천천히 흘러가는 영상미와 그 문장의 아름다움에 푹 빠져서 보았단다. 역시 셰익스피어의 고전문학이더구나.

2013년에는 '공주골목길재생협의회' 회원들과 함께 '빈집 갤러리' 골목사진전을 열면서 이곳에서 퍼포먼스를 진행했단다. 극장 간판을 30년 동안 그리신 어르신을 초대해서 '공산성의 혈투'라는 영화의 간판을 그리게 했단다. 공주시장님께서도 참석해서 마지막 마무리를 함께 해주셨고, 행사에 참석한 동네 사람들은 큰 박수를 쳐주었단다. 이 포스터는 지금도 극장 뒷문에 붙어 있지. 그 후 공산성이 유네스코 세계유산에 등재되면서 이 포스터도 유명세를 탔단다.

최근에 기쁜 소식이 들리는구나. 공주시에서 호서극장을 매입하여 새로운 문화 콘텐츠 공간으로 살리려고 한다고 해. 모쪼록 시민들의 추억 저장소인 호서극장이 활짝 문을 열 수 있는 날이 빨리 오길 빈단다. 그럼 너와 함께 그곳에 다시 가보았으면 해.

작약꽃

오월의 봄밤이 저물기 시작하면 골목길에서는 작약이 꽃잎을 접기 시작합니다. 아침이 되면 다시 나비가 날개를 펴듯이 활짝 피어납니다. 탐스러운 꽃잎 안에 겹겹이 은밀한 사연을 싸안고 있는 듯해요. 작약이 품고 있는 그 특유의 우아함과 눈부심을 어떻게 글로 표현할 수 있을까요.

제게는 '우아하고 기품이 있는 꽃' 하면 먼저 떠오르는 꽃이 작약입니다. 진분홍빛이 마음에 들지만 흰색 작약은 마법처럼 아름다워요. 어느새 꽃잎이 떨어지고 있지만 그 모습까지도 매력적입니다. 남편은 꽃을 보면 마음이 차오르는 저를 위해 카메라를 들이댑니다. 그 사진 속에 있는 꽃이에요.

작약은 가시도 없고 매끈한데다 커다란 꽃 한 송이의 존재감이 압도적입니다. 그러면서도 은근히 취하게 하는 향기를 지녔고, 장미 같은 도도함보다 따뜻함이 느껴집니다. 한 송이만 꺾어 화병에 꽂아 주면 충분하지요.

제가 처음으로 만난 작약꽃에 대한 기억은 어렸을 때로 거슬러 올라갑니다. 저희 집은 주택이었고 집 옆에 텃밭이 있었어요. 그 텃밭으로 가는 뒤뜰이 꽤 넓었는데 오뉴월이면 그곳에 엄마가 심은 진핑크색의 작약이 가득 피어났습니다. 그 꽃은 크기도 크거니와 색깔도 화려해서 어린 나이에도 압도당한 느낌이었어요.

어른이 되어서는 남편과 함께 서울 나들이길에 들렀던 성북동 '최순우 옛집'의 앞마당에 만개했던 진분홍빛 작약꽃을 잊지 못합니다. '최순우 옛집'은 1930년대 근대 한옥으로 정갈한 사랑방과 방안의 간소한 가구들, 햇살이 비치는 문살이 저희 부부의 눈길을 사로잡았습니다. 앞뒤 뜰에 손수 심은 소나무와 향나무,

수련꽃과 작약꽃 등의 운치를 바라다보는 것은 오래도록 기쁨을 선사해주었습니다. 한국적인 아름다움에 대한 애정과 빼어난 안목을 지니셨던 선생은 이 집에 당신이 생각하는 아름다움을 다 담아 놓으려 했나 봅니다.

그 작약과 함께 제겐 여름이 왔습니다.

작년엔 나태주 시인님께서 진핑크 작약꽃 여섯 촉을 나눔해 주셨지요. 대문 앞 골목 화단에 심어놓았는데 분명한 자기 빛깔을 내며 피어나니 반갑고 또 반가웠습니다. 시인님께서도 잘 자라준 작약에게 마음의 손을 내밀어주시며 아는 체를 하십니다.

작약은 웨딩의 꽃이기도 해요. 그 아름다운 모습에 이끌린 많은 신부가 작약꽃을 부케로 선택합니다. 5월의 신부의 수줍음이 마치 분홍색 작약의 꽃말인 '수줍음'과 닮아 있어요. 백작약의 꽃말은 '행복한 결혼'입니다. 그야말로 신부에게도, 신랑에게도 행복한 결혼식을 만들어 줄 것만 같은 꽃입니다. 개화하기 전에는 수줍은 모습으로 꽃봉오리를 오므리고 있습니다. 겹겹이 오므리고 있던 꽃잎이 점점 커지며 활짝 피어나면 아! 하는 탄성이 절로 나옵니다. 이렇게 어여쁜 작약이지만 한 가지 아쉬운 점도 있어요. 아기 머리만큼 큰 꽃을 가누기 힘들다 보니 땅을 향해 기울어지는 게 흠이라면 흠입니다. 바람이 세게 불거나 큰 비가 오기라도 하면 퇴근 후 집에 가서도 조바심이 납니다.

생명을 만난다는 건 긴 기다림 끝에 찾아오는 약속의 선물, 올해도 제 곁에 있어서 행복했습니다. 해마다 작약꽃 새로 피는 봄을, 그 속에서 나비 한 마리 날아오르던 순간을 간직하며 추운 겨울을 건너가겠습니다.

공주성결교회

마음이 쉬어가는 자리,
다락방

골목길을 지나다가 어느 집이든 낡은 집 2층에 작은 다락방이 보이면 마음이 편안해집니다. 요즘엔 찾아보기 어렵지만 원도심에는 몇 집에 다락방이 남아 있지요. 예전 장수갈비를 했던 식당에도 있었고, 제민천 건너 한창 공사 중인 신축건물이 철거되기 전 구옥에도 높고 작은 다락방이 있었습니다. 중동성당 옆의 대안카페 '잇다'에도 간신히 들어갈 수 있는 다락방이 열려 있습니다. 한 번도 집을 가져본 적이 없었던 빨강머리 앤이 살았던 '그린 게이블즈', 초록색 지붕 집의 그 아름다운 2층 다락방은 앤이 수천 통이 넘는 편지를 쓰며 교사가 되기 위한 자신만의 푸른 꿈을 키워나갔던 방이었습니다.

골목길 속 작은 찻집 루치아의 뜰에도 많은 사람이 좋아하는 다락방이 있습니다. 기껏해야 두 평 남짓한 '집 속의 집' 같은 공간이지요. 그런데 그곳은 1층과는 전혀 다른 분위기가 납니다. 어떤 사람에게는 나만의 비밀스러운 공간이 되어 잠시나마 아늑함을 느낄 수 있게 해줍니다. 다락방으로 올라갈 땐 누구든지 머리를 숙이지 않으면 부딪치게 됩니다. 그 모습을 보신 본당 신부님께서는 그곳을 '겸손의 방'이라고 명명해 주셨지요.

서까래가 그대로 드러난 다락방에 앉아 창문을 살짝 열면 풍경 소리와 함께 골목길이 다 보입니다. 그 길로 아이들이 재잘거리며 뛰어옵니다. 연인들에게는 둘만의 공간으로 언제나 가장 먼저 자리가 찹니다.

이 집에 어둠이 내리면 가장 빛나는 곳도 다락방입니다. 다락방의 등불이 켜지면 작은 집 전체가 따뜻해지는 듯해요. 어떤 방문객은 그대로 똑 떼어서 당신 주

머니에 넣어가고 싶다고 하고, 방송국이나 사진작가들은 이 모습을 담으려고 야간 촬영 일정을 따로 잡기도 합니다.

제가 잠시 짬을 내어 쉬는 공간도 이곳이고, 동네 중국집 아들인 초등학생 아이가 '짜장면·짬뽕 쿠폰'을 만들어서 제게 선물해 준 곳도 이곳입니다. 골목에 눈이 내리는 겨울, 가로등 불빛이 비치는 이 오래된 골목에서 다락방 지붕에 달린 고드름을 보면서 글을 쓰는 것도 좋은 시간입니다.

한 시인은 혼자 있어도 여럿이 있는 것 같고, 여럿이 있어도 혼자 있는 것 같은 곳이 다락방이라고 짧은 시 한 편을 쓰셨습니다. 다락방의 정취를 매력적으로 표현한 것이라 앉을 때마다 기억나는 시입니다.

어느 날, 누군가 다락방의 작은 창에 금이 간 것을 보고 한지를 예쁘게 오려서 붙여놓고 간 것을 보았습니다. 이런 고운 마음이 저절로 나오게 하는 곳도 다락방입니다. 그 창에 좋아하는 시를 붙여 두었습니다. 한 번 붙인 것을 좀처럼 바꾸는 일이 없으니 정말 오랜 시간 동안 쭉 붙어 있네요.

요즈음 가까운 사람들이 사는 게 힘들다고 합니다. 그것은 단지 몸이 고되다는 것만을 의미하는 것은 아니겠지요. 자신이 소진되고 있다는 좌절감 같은 것이라고 할까요. 그럴 때 어른이 되면서 하나하나 잊어버렸던 행복했던 자신만의 추억을 끄집어내 보면 좋을 듯합니다. 그 안에는 정겨운 다락방에서 무엇 때문엔가 행복했던 추억도 분명히 있을 거예요.

작은 다락방에서 무언가 꿈꾸고, 아름다운 결과물을 낼 수 있는 일을 찾고, 그 일을 하면서 기뻤던 시간을 떠올려 보길 바랍니다.

4월의 꽃 목련

제게 봄은 늘 나뭇가지 끝에 벙그는 크고 우아한 목련과 함께 절정에 이릅니다. 추위에 약한 목련이 길고도 모진 혹한을 뚫고 나와서 자신의 꽃봉오리를 보여줄 때의 모습은 마치 부활과도 같아 때론 경건하게 느껴지기까지 합니다.

꽃들은 대개 그에 얽힌 그럴듯한 이야기를 지닙니다. 서양에서는 팝콘을 닮았다 하고, 불교에서는 나무에 핀 연꽃이라는 의미로 사찰 문살에 새긴 꽃잎의 문양도 목련을 형상화한 것으로 봅니다. 조선 시대 한 스님은 산사의 뜰에 핀 목련은 내가 세속을 버린 것을 한없이 후회하게 한다고 말했답니다. 그래서일까요. 오래된 산사에 들어서면 고목이 된 목련꽃이 가장 먼저 눈에 들어옵니다.

태안 바닷길을 따라가 만난 '천리포 수목원'은 목련의 천국이라 해도 과언이 아닙니다. 이곳은 '민병갈'이란 이름으로 귀화한 미군 장교 밀러가 가꾼 아름다운 수목원이지요.

지난 봄날, 남편과 함께 보령 갈매못 성지로 순례를 다녀오는 길에 들렀던 곳입니다. 그곳 목련 정원에는 500종도 넘는 목련이 피어 있었습니다. 그 후 4월이 되면 꼭 그것들을 다시 보고 싶어 목련앓이를 합니다.

여기 공주에서는 교동성당 바로 앞에 있는 옛 세무서 마당과 공주대학교 교정에 핀 목련이 최고라고 볼 수 있어요. 4월이 되면 그곳에도 바야흐로 봄 냄새가 물씬 차오릅니다. 가지 끝마다 오로지 꽃송이 하나씩만을 또렷하게 내걸고 있는 목련. 고목이 된 큰 나무 한 그루가 공간 전체를 휘어잡으며 꽃망울을 가득 터뜨리는 풍경이여! 해마다 가까이에서 그 꽃을 만나러 가는 기쁨을 혼자서 간직하고 있습니다. '루치아 골목길'을 만들면서도 향목련 한 그루를 정성껏 심었습니다. 꽃송이는 작지만 우아한 자태와 쉽게 잊지 못할 향기를 매해 선사해 주고 있습니다.

어떤 이는 목련꽃 지는 모습이 참으로 지저분해서 별로라고도 합니다. 그렇지만 시인 복효근은 그의 시 「목련 후기」에서 "… 순백의 눈도 녹으면 질척거리는 것을/ 지는 모습까지 아름답기를 바라는가"라고 썼지요.

새 봄, 백목련꽃 한 송이를 속이 보이는 유리 다관에 넣고 눈으로 먼저 차를 마셔보세요. 그러면 지는 모습까지 아름다운 목련을 만나게 될 것입니다. 그 꽃은 은은한 향기로 부활할 것입니다.

공주 골목길 웰컴 로즈

우리는 여행길에 많은 도시를 만납니다. 그중 어떤 도시는 아무리 '환영합니다!'라는 표현이 시내 곳곳에 도배되어 있어도 왠지 삭막하고 살갑게 다가오지 않고는 합니다. 반면 의례적인 현수막은 보이지 않지만, 다정한 느낌으로 '어서 오라'고 반겨주는 듯한 도시도 있습니다. 저는 공주 원도심과 골목길이 바로 그런 곳이길 바랐습니다. 골목길에 꽃을 심고, 돌보며 매일같이 수많은 말들을 이 아이들과 함께 나눕니다.

어제는 성당 주일미사 때 생태환경 사목을 하시는 손님 신부님께서 오셔서 미사 집전을 하셨습니다. 프란치스코 교황님의 회칙 '찬미 받으소서'를 가지고 강론을 하셨지요. 평신도가 일상에서 하느님을 만나는 길은 여러 가지인데, 그중 하나가 자연 세계의 창조물을 바라보고 돌보는 것이라고 말씀하시는데 '아멘' 소리가 절로 나왔습니다.

사흘 동안의 연휴 내내 비가 내렸습니다. 그 가운데 골목길에서 비를 맞고 활짝 피어난 노란 장미꽃과 빨간 장미꽃 송이들이 올해도 함초롬한 풍경으로 그렇게 거듭나고 있었어요. 하지만 골목길에 장미꽃이 흐드러졌어도 모두가 그 풍경을 즐기지는 못합니다. 저는 잠시 틈을 내어 남편의 카메라에 순간을 담아 봅니다. 이 아름다운 꽃들은 바라만 보아도 뜻밖의 감동과 설렘이 밀려듭니다. 그저 떠올리기만 해도 눈부신 그런 사람처럼.

이렇게 사계절 피고 지는 꽃들은 반복되는 일상을 지치지 않게 해주고, 내 삶을 얼마나 따뜻하게 감싸는 축복인지를 가르쳐줍니다. 오월 속에서.

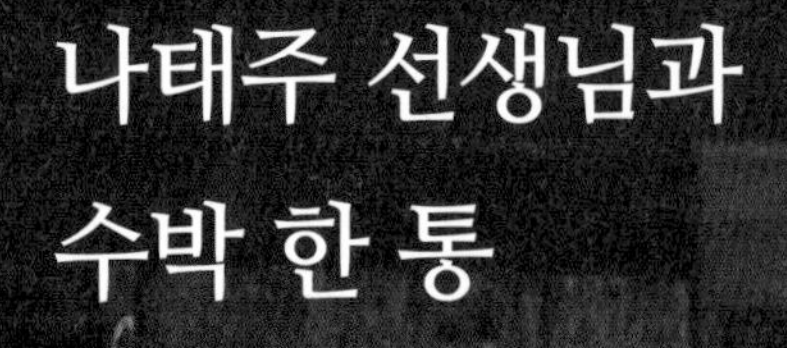

나태주 선생님과 수박 한 통

한 지역과 어떤 공간을 사랑한다는 것은 '돌아갈 장소'를 만드는 일과 같다고 해요. 선생님이 계신 '풀꽃문학관'과 '루치아의 뜰'이 그런 작은 집이 되길 바랍니다. 수박은 또 어쩌나 달고 맛있는지요. 사흘 동안의 폭우 속에 잠시 보였던 햇살이 입 안 가득 한꺼번에 퍼지는 듯했습니다. 마당의 대추나무 네 그루는 간밤의 사나운 폭우를 잊은 채 어린 대추들을 주렁주렁 달고 있네요. 그 가지에 쏙독새 한 쌍이 찾아와 노래를 부르고 있습니다.

무서운 폭우가 한바탕 지나간 어제 오후, 자전거를 타고 뜰 안으로 가만히 들어오신 선생님, 다가와 커다란 수박 한 통을 건네주십니다. 제가 들어도 무거운 수박을 땀 흘리며 손수 들고 오신 것이지요. '차 한 잔을 하고 가시라'는 소리가 무색하게 '어서 가봐야 한다'며 곧바로 자전거를 돌리십니다. 너무도 감사했지만 표현도 못 하고 제대로 배웅 인사도 못 드렸습니다. 선생님의 자전거가 골목길 끝으로 사라질 때까지 대문 앞에 서서 바라볼 뿐이었습니다.

수박 한 통을 받고 보니, 보이고 스치는 모든 것을 따뜻한 마음으로 대하시는 선생님의 마음을 이내 헤아릴 수 있었습니다. 제가 첫 아들을 낳고 산후조리를 할 때 좋은 미역과 소고기를 사다 주신 아버지 모습도 보였습니다. 저희는 그 수박을 바로 먹을 수 없었어요. 일하는 동안 짬짬이 바라보기도 하고 한참 동안 만져보면서, 퇴근 후 집으로 가져올 때도 품에 꼭 안고 가져왔습니다. 저희의 마음고생을 진심으로 어루만져주심에 감동했기 때문이지요.

사흘 전 제민천 범람 소식을 공주시청의 긴급 문자로 받고 뭘 해야 할지 몰라서 새벽부터 허둥대고 있었습니다. 그 날도 선생님께서 가장 먼저 폭우 속에 츄리닝 바지에 장화를 신고 찾아오셨어요.

"루치아, 별일 없나 보러 왔어요. 오늘, 내일 문학관은 시청에서 휴관하라고 해요. 한 팀장, 둘러보자."

"선생님 너무 무서워요. 골목에 있는 하수구까지 넘칠까 걱정했는데 다행히 잘 빠지네요. 급한 마음에 다락방으로 짐을 옮기고 있었어요."

불안한 표정 사이로 기분 좋은 온기가 흐릅니다.

처음 겪는 자연재해 앞에 저희가 할 수 있는 일은 거의 없었습니다. 다락방으로 중요한 것들을 대충 올려두고, 계속 긴장하며 상황을 지켜보는 수밖에 없었지요. 이틀 동안 '루치아의 뜰' 오픈을 하지 않았지만 한 달 동안 쓸 에너지를 다 쓴 기분이었습니다. 더 놀라운 것은 선생님께서 비를 맞고 제민천 끝인 금성동까지 돌아보셨다는 것입니다. 점심도 거르신 채로 제민천변 가게들을 걱정하시며 이집 저집 들여다보셨습니다. 조마조마한 마음으로 천변에 나와 있던 마을 사람들이 위로가 되었는지 시인님을 알아보고 '나오셨냐'며 좋아하셨습니다. 순간 세상이 환해지는 느낌이었습니다. 어쩌면 지역의 어른으로서 당연한 일이라 여길 수도 있겠지만 진심으로 염려해줄 사람이 몇이나 될까요. 선생님의 따뜻한 인품이 보였고 저절로 풍겨 나오는 삶의 향기를 맡게 되었습니다.

오늘 아침, 그 수박이 식탁에 놓였습니다. 남편과 함께 먹으면서 선생님 이야기를 나누었어요. 다시 힘내라고 가져다주신 수박 한 통은 그저 단순한 수박이 아님을 기억하자고 했습니다.

'루치아의 뜰'과 저희 부부에 대한 선생님의 과분한 사랑의 표시! 거기에는 사랑과 무언의 가르침, 깊은 위로와 친밀함이 들어 있었습니다.

요즘 '혜윰 독서모임'에서 함께 읽고 있는 책 『모리와 함께 한 화요일』에 나오는 모리 교수님 생각도 났습니다. 매주 화요일에 제자 미치와 함께 진행한 마지막 수업의 주제는 '인생의 의미'였습니다. 교수님은 경험에서 얻은 바를 가르쳤고 그 가르침은 제게 아직도 계속되고 있습니다. 모리 교수는 선생님처럼 사랑하는 이들을 위한 시간을 쌓아야 하고, 타인에게 뭔가를 베풀면서 어려운 시기를 함께 건너감이 살아 있는 것이라고 말합니다. 거기에는 많은 돈이나 높은 권력도 필요 없다고 말하지요. 모리 교수님이 죽음 앞에서 자신 가까이에 있는 책과 노트, 작은 히비스커스 화분을 바라보며 평화롭게 죽음을 받아들인 것처럼 수박 한 통은 제 불안한 마음을 평온함으로 녹아내리게 했습니다.

선생님을 통해서 오늘날 주변 사람들의 아픔에 진심으로 공감하는 마음을 다시 배우게 되었습니다. 소탈하면서도 따뜻함이 넘치는 선생님의 있음이, 마치 저만큼 서서 "아이고, 내 새끼 고생 많았다." 하며 토닥토닥 등 두드려주시는 부모님 같았어요.

"우리에겐 염치없이 급할 때만 찾는 하느님이 계시잖아요. 그래도 루치아는 잘 돌봐주실 거야. 이 집은 괜찮을 거야." 하시던 말씀과 수박 한 조각이 제 입으로 들어옵니다. 그 대가 없는 보살핌을 먹고 나니 이른 아침부터 후드득후드득 떨어지는 빗소리에 잠을 깼지만 마음에 작은 틈이 생기고 있음을 느낍니다.

"선생님, 저희가 십 년 동안 '루치아의 뜰'을 얼마나 정성들여 가꾸며 좋아했는

지 아실 거예요. 그런 집이 사흘 동안 내린 폭우로 제민천이 범람해 휩쓸려 간다고 생각하니 두렵고 무서웠어요."

"루치아, 공주 사람 다 됐다."

그 말씀이 무슨 뜻인지도 압니다. 많은 사람이 합심하여 힘과 위로가 되어주고 또 이런 어려운 가운데 따뜻한 정도 느끼게 됨을 말하는 것이겠지요.

외로울 때 의지할 수 있는 선생님이 계셔서 참으로 행복합니다. 늘 저희에게 과분한 사랑을 베풀어주심도 알고 있습니다. 기쁜 일에 누구보다 축하해 주시고, 공주 태생이 아니라서 겪는 서운한 일들을 달래주셨지요. 팔순이 다되어가는 선생님을 마주할 때마다 저희는 반갑고 설렙니다. 오늘은 또 어떤 이야기를 들려주실까 사뭇 기대됩니다. 앞으로도 선생님께서 끝까지 여생을 보내실 곳, 마음 편히 쉴 수 있는 곳, 내일을 꿈꿀 수 있게 해주는 공주 원도심에서 오래도록 선생님과 우리 마을을 사랑하며 살아가겠습니다.

할머니의 보닛 매발톱

봄, '할머니의 보닛'이라고도 불리는 매발톱이 드디어 피기 시작했습니다. 보닛은 외출용 모자의 일종으로 긴 챙이 달려 있고 턱밑으로 리본을 묶는 구조가 일반적입니다. 매발톱은 그 보닛을 닮았습니다. 또한 제가 닮고 싶어하는 미국의 동화작가이자 독특한 라이프 스타일과 타샤의 정원으로 유명한 '타샤 튜더'는 그녀의 침실 창문 밑에 수선화, 금낭화와 함께 이 꽃을 심었다고 합니다.

저는 커다란 화분에 세 종류의 매발톱을 심어서 골목길에 내다 놓았습니다. 연보랏빛과 파스텔톤 보라색, 진한 자줏빛 보라색이 그것들입니다. 꽃이 피자 겉 꽃잎 다섯 장이 손바닥을 펴듯이 펼쳐지고 배경이 되어주면서 그 안에 오므린 다섯 장의 속꽃잎을 받들고 있습니다. 고개를 숙인 것도 있는데 아무리 보아도 제 눈에는 매의 발톱 같지가 않습니다.

이 매발톱들을 골목길을 지나는 사람들과 더불어 즐길 수 있도록 잘 보이는 곳에 두고 싶었습니다. 낯선 도시에서 골목길을 걷다가 우연히 예쁜 꽃을 만나서 기분이 좋아졌던 기억이 얼마나 많았던가요.

매발톱은 우아하게 지고 난 후에도 청록빛 잎을 꽤 오랫동안 아름답게 유지합니다. 오늘 점심을 먹으러 가는 제민천 변 오래된 여관 앞에도 커다란 화분 하나에 보라색 매발톱꽃이 한창이었습니다. 그 길 앞에서도 좋은 기억을 가지고 갈 사람들이 많을 것 같습니다.

장독대가 있는 집

동네에서 최초로 제 마음을 사로잡은 공간이 다락방이 있는 집이었다면 두 번째는 장독대가 눈앞에 보이는 집입니다. 장독대는 오래된 집에서 흔히 볼 수 있습니다. 자식들이 장성해서 대처로 나가면 할머니 한 분이 남아서 끝까지 집을 지키며 장독대를 관리하며 살아가시지요. 60년대 옛집에 가면 볼 수 있었던 육면체 형태로 내부는 창고로 쓰고, 외부에는 계단을 만들어 지붕에 장항아리를 가득 올려두었던 곳입니다.

봉황동에 새로이 옛집을 사서 게스트하우스 '틈'으로 만든 대표님 공간에서도 보게 되고, 어르신들과 함께 사는 집에는 지금도 옹기 항아리와 큰 화분에 파를 심어서 그곳에 올려둔 풍경을 볼 수 있습니다.

저희의 두 번째 재생공간에도 장독대가 있습니다. 이걸 허물지 않고 옛 모습 그대로 살리려고 공사팀과 이런저런 궁리를 했습니다. 처음 만났을 때는 내부가 보이지 않게 짐이 가득 차 있었지요. 어둡고 눅눅했던 곳이라 콘크리트 지붕을 철거하고 투명한 천창으로 바꾸어 파란 하늘이 보이게 하자고 제안했습니다.

장독대의 네모난 창으로는 초코루체로 드나드는 사람들과 바깥 풍경이 액자처럼 펼쳐집니다. 올해는 참다래 나무가 자라나서 장독대 지붕 위로 뻗어 나가고 있어요. 거기에 참다래가 열려 있습니다.

2016년 늦가을, 돌아가신 영화배우 윤정희님이 남편인 피어니스트 백건우님과 함께 공주 연주를 왔을 때 잠시 들러서 스텝들과 차 한 잔을 하고 가셨지요. 그때 그 창 앞에 놓인 의자에 앉아서 활짝 웃으며 기념사진을 찍고 가셨던 곳입니다.

장독대는 옛 모습 그대로 남아 있는데 그녀의 웃는 모습은 이제 어디에서도 찾을 수 없게 되었습니다.

이곳은 아이들이 좋아하는 곳이기도 해요. 벽에 마음껏 낙서해도 되기 때문입니다. 낙서와 그림도 다양한데 아이들은 이곳에 레이스가 달린 공주님 드레스와 왕관, 구슬 목걸이를 한 자기 모습을 그대로 그려놓습니다. 가족끼리 온 사람들은 그들만의 소망을 적어 놓고 떠납니다. 물론 저희 부부의 수고를 고마워하는 분들의 격려 문구도 적혀 있지요.

여기서는 작은 자갈 하나, 달개비꽃, 클로버 등등이 다 아이들의 놀잇감이 되어 줍니다. 아이들이 신나게 마당과 장독대를 오가며 뛰어놀아도 왠지 이곳에서는 그 소음이 귀에 거슬리지 않습니다. 오히려 할아버지, 할머니가 사시던 옛집에서 느꼈던 정겨운 추억들이 떠오릅니다.

장독대 창턱에는 아들이 유치원 다닐 때부터 가장 좋아했던 손때 묻고 낡은 미니카를 몇 대 놓아두었는데 그것이 사진작가들의 셔터를 누르게 합니다. 할아버지께서 일본 출장길에 사주신 선물이었는데 사촌 동생들에게 나누어주고도 집에 100개 이상을 보관하고 있습니다.

저는 딱정벌레차로 유명한 독일의 빨간색 미니카를 좋아해서 그 차는 엄마 차라고 하며 함께 놀았지요. 가족들과 함께 온 아이들은 미니카를 꺼내서 신나게 놉니다. 가끔 없어진 자동차는 틀림없이 어딘가에 숨겨 놓고 간 것이지요.

진정한 멋이란 과하지 않을 때, 또 조금 부족할 때 맛이 난다고 생각합니다. 낡은 장독대처럼 오래 묵어서 세월이 빛을 내야 더 감동을 줍니다. 시간의 켜를 간직하고 있는 고도 공주의 정취를 보존하기 위해서도 역시 우리는 끊임없이 비슷한 질문을 해야 할 것입니다.

우리와 가까운 일본의 작은 지방 도시 가나자와가 생각납니다. 이곳은 작은 교토라 불리는 고도이며 공주처럼 문화도시로서 자부심을 지닌 고장입니다. 외부 자본을 끌어들이지 않고 대기업 지점이나 대리점 간판도 보이지 않는다고 해요. 가나자와의 모든 회사는 본사 회사인 것이지요. 이것이 가나자와와 다른 도시들과의 차별화된 특징입니다.

공주 원도심에도 시사하는 바가 크지요. 거기에다 그들은 경제보다는 자신의 삶을 지키려는 철학을 지향합니다. 시민들이 자발적으로 오래된 가옥과 실개천 등을 곱게 보존한다고 해요.

우리도 일상의 공간에 배어 있는 낡음에서 오히려 새로운 가치를 발견해낼 수 있으면 좋겠습니다. 선조들의 생활사에 관심을 기울이고 다정한 손길로 그것들을 지키며 살아갔으면 합니다. 우리 마을에서 장독대와 함께 살아온 사람들에 대한 애정을 전하고 싶습니다.

교육도시였던 공주에는 충남 전역에서 유학 온 학생들이 자취와 하숙을 했던 기록을 볼 수 있습니다. 오랫동안 방치되었던 공주 갑부 김갑순 생가터와 한일당 약국, 그 주변 가옥 몇 채를 공주시에서 매입하여 리모델링 후 시 직영 게스트하우스로 운영하고 있는 공주하숙마을과 대통사지, 하숙집 아주머니들의 반짝 시장이었던 공주고 앞 오거리시장을 잇는 길입니다. 현재 마을의 거점 공간이 되면서 동네에 활기를 불어넣고 있는 곳입니다. 학창시절의 추억과 그리움을 만날 수 있는 길이지요.

PART 3

추억의 하숙촌길

무궁화회관
버드나무힐

김갑순
생가터
청춘1318
공주하숙마을/
한일당약국터
중동교
당간지주

관광도시 공주
유네스코 세계유산을 품은 흥미진진 공주
공주하숙마을
운영 | 공주시 | ☎ 041-852-4747 | www.gongju.go.kr
화장실

낮은 평상 하나 놓여 있는 집

– 공주 하숙마을

하숙마을은 60~70년대 학창시절 하숙하던 추억을 떠올리며, 공주시만의 새로운 놀이 문화를 즐길 수 있는 공간입니다. 공주시 직영 게스트하우스로 공주시가 도시재생 사업으로 조성한 원도심 거점공간이기도 해요. 제민천을 따라 하숙 문화를 추억하며, 직접 체험할 수 있는 체류형 관광지입니다.

이번 가을엔 우리 부부를 좋아하고 서로 응원해주며 살아가는 미오 선생님이 혼자서 공주에 오고 싶다고 연락을 했습니다. 그녀는 꼭 저처럼 50대에 삶의 터닝 포인트를 마주했습니다. 지금은 서울 문래동에서 목공방 〈문래숲〉을 운영하며 자신의 길을 가고 있습니다. 전 그녀의 초기 작품 중 하나인 '자아' 시리즈 5점의 소장자이며, 루치아의 뜰은 그녀의 상설 전시장이 되어주고도 있지요. 그래서 더욱 서로에 대한 우정과 친밀감을 가지고 있습니다. 그런 그녀가 요즘 기분이 너무 울적하고 새로운 작업의 영감도 떠오르지 않아서 우리 곁에 와서 '공주 한 달 살아보기'를 해보고 싶다 말했습니다.

전 흔쾌히 공주의 품에 안겨서 일단 일주일만 살아보라고 화답을 했습니다. 자신의 작품이 있는 곳에서 머무르며 삶의 에너지를 얻어 가길 바랐습니다. 그러자 그녀는 바로 당일에 내려오겠다고 했지요. 그녀를 위해 가장 먼저 숙소를 예약했습니다. 당연히 그곳은 '공주 하숙마을'. 몇 달 동안 여러 가지로 힘들었던 그녀에게 낮은 평상에 걸터앉아 흰 구름과 가을 햇살을 선물해 줄 수 있는 곳이 좋을 것입니다. 이들을 바라보면서 그리운 시간을 함께 생각해 볼 수 있는 곳이기도 하구요.

하숙마을은 몇 년 전에 공주시가 도시재생사업으로 원도심 제민천변의 옛 약국과 주변 가옥 몇 채를 매입하여 리모델링 후 운영하고 있는 시 직영 게스트 하우스입니다. 처음 이곳을 조성할 때에 '공주골목길모임'의 대표로서 시청에서 열리는 관련 회의에 참여하며 피드백을 했었습니다. 사전 점검 기간 중에는 회원들과 함께 1박을 하기도 했습니다. 이곳이 공주를 찾는 여행객들에게 하숙이라는 이야기와 함께 진짜로 교복을 입은 단발머리 학생으로 돌아간 느낌이 드는 편안한 숙소가 될 수 있기를 바라면서요.

그렇게 조성된 그곳에 가면 옛 시간을 만날 수 있고 현시대에 아날로그를 생각하는 마음도 느낄 수 있습니다. 미닫이문을 열고 나무로 된 마루를 딛고 들어가는 안채, 댓돌 위에 신발이 가지런히 놓인 사랑채, 작은 방문을 열면 바로 펌프가 보이는 아늑한 행랑채라 이름 붙인 객실에는 서양식 침대 대신 온돌방에 정갈한 이불과 담요가 놓여 있습니다. 공주의 근대 풍경을 재미있게 그려준 화가의 작품 한 점도 걸려 있지요.

대문을 열고 들어가면 너른 마당 한쪽의 감나무 밑에 낮은 평상이 하나 놓여 있고 그 곁에 맨드라미, 분꽃, 채송화, 백일홍 등이 피어 있습니다. 꽃을 좋아하는 사람들에게는 이것 또한 특별한 선물이 될 것입니다.

우리 부부는 외부에서 손님들이 찾아오면 꼭 이곳에다 숙소를 예약해 주고 이 집만의 정취를 즐기고 가라고 이야기합니다. 지금은 캐나다에서 교포 사목을 하고 계시는 제 영적 멘토이신 소화 데레사 수녀님께서도 이 집을 참 좋아하셨습니다. 제민천의 흘러가는 물소리와 풀벌레 소리, 늦은 저녁 시간 평상에 앉아 함께 마시던 차 한 잔을 특히 소중히 여기셨습니다. 그때 수도복을 입고 평상에 앉아 차를 마시던 수녀님의 모습은 한 마리의 학처럼 고고해 보였습니다.

가을 햇살 아래 가만히 놓여 있는 낮은 평상 하나는 더없이 한가롭게 보여서 낯선 사람들 누구라도 거기에 앉아보고 싶다는 마음이 들게 합니다. 그러면 하숙마을과 공주는 그들에게 더욱 친근한 장소로 바뀌게 되겠지요. 마을해설사로서 로컬 투어를 진행할 때면 이곳을 종착지로 탐방코스를 짭니다. 1시간 이상 산책 후 쉬어가고 싶은 마음이 들 즈음에 이곳에 도착하게 됩니다. 바로 그때 평상에 함께 어우러져 앉게 합니다. 그러면 한 평 남짓한 평상은 신기하게도 서로 낯선 사람들임에도 어색하지 않고, 서로가 서로에게 기분 좋은 인사말을 건네게 하는 공간이 됩니다. 투어의 인원이 많을 때에도 문제가 되지 않습니다. 누군가의 자리가 정해져 있는 것이 아니어서 서로 조금씩 양보하며 나눠 앉을 수도 있고, 둘러앉을 수도 있습니다. 어떨 땐 누울 수도 있지요. 평상은 이렇게 나눔의 자리가 됩니다.

요즘 들어 여러 트렌디한 카페에서도 실내 공간에 단을 높여서 평상 느낌을 들이고 입식 공간 외에 별도의 좌식 공간을 연출하기도 합니다. 심지어는 어느 카페에는 마당 전체에 일정한 크기와 간격으로 평상을 리듬 있게 배치하고 거기에서 손님들이 편하게 쉬면서 그 집을 즐기고 갈 수 있도록 해놓는 경우도 보았습니다. 주말에 가족들과 함께 나들이를 나와서 차 한 잔을 마시며 이야기를 나누고, 그림을 그리기도 하고, 아이들은 돌멩이 쌓기 놀이도 하지요. 이렇게 평상 하나가 놓여 있는 집에서는 다양한 추억도 만들어 볼 수 있습니다.

공주로 내려온 미오 선생님의 일주일 살기도 내일이면 끝이 납니다. 그동안 그녀는 틈틈이 우리 집에 설치했던 빛바랜 작품들을 마당에 펼쳐 놓고 다시 손보아

주고 색칠도 했습니다. 그럴 때 그녀의 눈빛은 유난히 반짝였습니다. 문래동 철공단지 내에 위치해서 너무 공기가 안 좋은 자신의 작업실을 하숙마을처럼 넓은 마당이 있는 집을 구해 옮기고 싶다고도 했습니다. 그 다음날 남편분을 내려오라고 해서 저와 함께 매물로 나와 있는 빈집 몇 채를 보기도 했습니다.

이 가을, 공주 하숙마을의 낮은 평상은 변화를 바라는 미오 선생님에게 '공주 일주일 살기'가 아닌 새로운 꿈을 꾸는 시간을 갖게 해 준 것입니다. 이제 그녀에게는 서울과의 헤어질 결심이 필요하게 되었을지도 모릅니다.

중앙교

제민천 버드나무 아래서

3월 초가 되면 커다란 버드나무에 연둣빛 새잎이 나기 시작합니다. 출근길, 주차장에 차를 대고 걸어오면서 처음 만나는 건 봄바람에 흔들리는 나뭇잎의 푸르름입니다. 아침마다 제민천변에 서 있는 버드나무를 바라보면서 마음이 참 순해집니다. 아무리 몸이 찌뿌둥한 날에도 이 나무 앞에만 서면 신기하게도 생기가 납니다. 연둣빛이 좋고 천천히 흘러가는 개울물 소리에 마음이 편안해집니다. 오후 시간에 재활용 쓰레기를 버릴 때도 그 나무 근처로 가는데 춤추는 버드나무 이파리들을 따라 저도 마음이 일렁입니다.

제민천은 백성을 구제하는 하천이란 뜻으로 금강으로 흘러가는 천입니다. 공주에서 나고 자란 사람들에게는 잊고 있던 어린 시절의 시간과 소중한 추억을 떠올리게 하는 아련한 장소이기도 해요. 버드나무가 있는 제민천 가에는 늘 사람들이 모였습니다. 여름철이면 동네 주민들의 빨래터였으며 더위를 식히려 제민천에 뛰어들어 물놀이를 하는 아이들로 붐볐습니다. 동네 아이들의 놀이터로 고무신으로 배를 만들어 제민천에 띄우고 누구의 고무신이 멀리 가는지 구경하며 놀던 곳, 돌멩이로 각자의 구역을 만들어 멋진 성도 쌓으며 놀던 곳입니다.

제민천 뚝방에서도 사람들이 천막을 치고 장사를 했습니다. 호롱불을 켜고 과일 장사를 하는 사람도 있었고 70년대 초, 석유난로가 귀하던 시절에는 나무 시장도 열렸습니다. 첫 새벽에 이인, 탄천에서 지게와 달구지로 나뭇짐을 싣고 온 나무장수 아저씨가 제민천 다리 위에 장사진을 치고 있으면 하숙집 아주머니들과 가정집 아주머니들이 필요한 나무를 골랐습니다. 그러면 나무장수는 집 앞까지 배달해주시곤 했습니다. 그 후에 이들은 아침을 먹으러 유명한 국밥집인 이학식당으로 향했습니다.

요즘 공주가 전국적으로 핫한 도시로 소문이 나고 있습니다. 특히 제민천 주변에 젊은이들과 여행객들이 많이 찾아옵니다. 천을 따라 낮은 집들이 모여 있고 예쁜 카페들과 예술가들의 작업실, 도시재생으로 새롭게 태어난 공주 근대문화유산 스팟들이 곁에 있기 때문이지요. 또한 제민천 버드나무 아래에는 공주의 오래된 시간과 이야기가 흑백사진으로 전시되어 있습니다.

옛 흑백사진 속의 나무 시장이 선 풍경과 멱을 감는 사람들, 교복을 입은 채로 이사 갈 학교까지 자신의 걸상을 들고 걸어가는 학생들의 모습들. 거기에다 사대부고에 다니는 오빠를 자랑스러워하며 교복을 빨아주었다는 누이의 사진, 물고기를 좋아하시던 할아버지에게 매운탕을 해드린다고 미꾸라지, 송사리를 잡던 삼촌, 하굣길에 친구들과 함께 누치를 잡으며 놀던 어린 초등학생들의 행복한 순간들이 액

사에 남겨 있는 곳입니다. 서울의 청계광장이 부럽지 않은 곳, 공주시와 시민들이 함께 애정을 쏟고 가꾸어가는 곳입니다.

밤이 되면 더욱 아름다워지는 곳도 제민천입니다. 남편과 함께 밤마실 산책 중에 보름달이 홀로 떠 있는 것을 바라본 적이 있습니다. 달은 중천에 떠 있고 나를 따르는 이는 다만 제 그림자뿐이었지요. 과거 백제의 왕도에 비친 달이 오늘의 고도 공주에서 저희 부부를 비추고 있다 생각하니 새롭게 꿈같은 정취로 느껴졌습니다. 이때까지 보던 달에는 없는 너무도 사랑스러운 달이었지요. 저는 그 여름밤에 고운 옷을 한 벌 새로이 맞추어 입고 남편과 함께 둘이서 손을 꼭 잡고 걷는 또 다른 밤마실 산책을 꿈꾸었습니다. 그와 동시에 보름달처럼 동그란 만월창이 눈에 띄는 제민천 변의 작은 집 한 채에 환하게 불이 들어온 것을 바라보았습니다.

지난 주말엔 제민천 버드나무 아래에서 '제민 마켓'이라는 작은 장터가 열렸습니다. 원도심에서 공간을 운영하고 있는 젊은이들을 홍보해주려고 중학동장님께서 마련한 자리였지요. 저도 청년들을 응원하려고 기분 좋은 발걸음을 했습니다. 제민천의 물소리와 함께 샹그리아 한 잔을 마시고 남편이 좋아하는 레드 와인 한 병을 흔쾌히 샀습니다.

저녁 8시가 되자 제민천 음악분수에서 물이 뿜어져 나오기 시작했습니다. 산책 나온 사람들과 여행객들이 옷을 입은 채로 물속에 뛰어들어 소리를 지르며 서로 사진을 찍어주었습니다. 그 모습을 바라보는 사람들은 박수를 치며 깔깔거립니다.

여름이 되면 폭염 속에 늘어진 버드나무 잎사귀들이 더욱 풍성해집니다. 이즈음에는 나태주 시인님께서 챙 넓은 여름 모자에 삼베옷을 입고 자전거에 올라 제민천을 따라 달리시는 모습을 볼 수 있습니다. 그런 시인님만의 정취를 자아내는 모습을 뵐 때마다 마치 한여름 폭염 속에서 특별한 시인의 선물을 받은 기분이 듭니다.

칠십대 후반이신 시인님이 언제까지 자전거를 타실 수 있을지는 모르겠습니다. 하지만 오늘도 어스름 저녁 무렵이 되면 삼베옷을 단정하게 입고 여름 바람을 맞으며 페달을 밟을 것입니다. '아마도 저런 풍경은 앞으로는 점점 보기 어려울 거야' 그런 생각을 하며 사람들은 뚝방에 서서 멀어져가는 시인님을 한참 동안 바라볼 것입니다. 그렇게 풀꽃 시인님의 낡은 자전거는 공주의 아름다운 풍경이 되고 있습니다.

집으로 돌아가는 길, 버드나무 아래서는 어느새 작은 음악회가 열렸고 빈티지한 물건을 파는 상점도 펼쳐져 있습니다. 공주문학인들의 시화도 보입니다. 이런 소소한 잔치를 즐기고자 멀리서 찾아온 여행객들의 웃음소리가 기타 소리와 함께 밤하늘에 퍼져갑니다.

세월이 흘러도 제민천의 물소리는 여전하고 버드나무는 쑥쑥 자랄 것입니다. 지난여름 폭우 속에도 잘 살아낸 그의 품 안에 들면 모든 게 무탈할 것 같기만 합니다. 그냥 모든 걸 품어줄 것 같아요. 그 하늘하늘거리는 잎사귀와 우리들의 어머니처럼 커다란 버드나무 한 그루를 마음에 담아왔습니다.

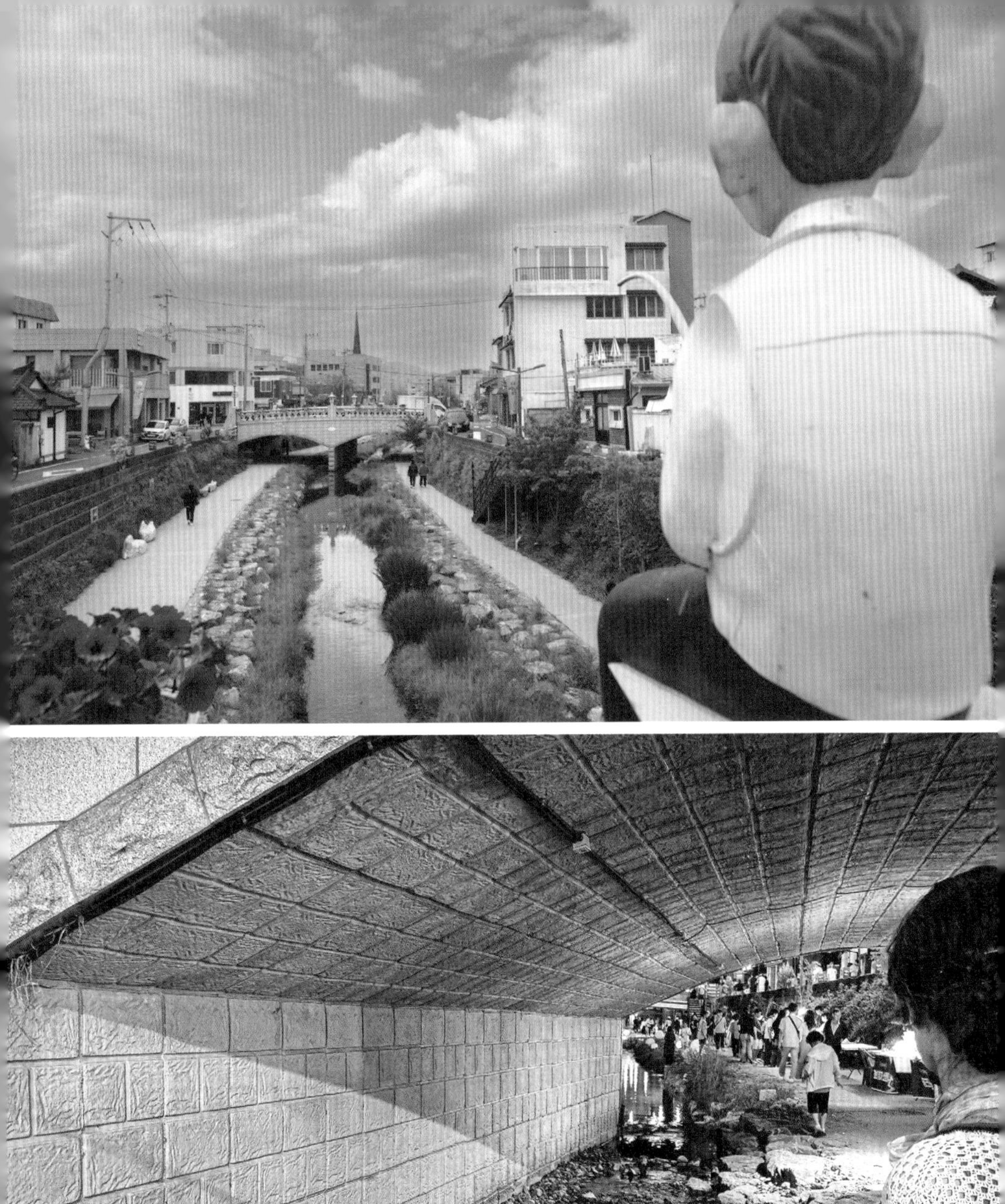

제민천 사람들과 함께 하는 뜨개질

- 내 그리움에는 뜨개질 풍경이 있다

공주의 원도심 제민천 옆에는 다정한 이웃들이 살아갑니다. 지난 3월, 다섯 명이 새봄을 맞이할 채비도 할 겸 기분 전환을 위해 꽃리스를 함께 뜨기로 했어요. 첫 모임은 우리들의 선생님이 되어 줄 마리아님 집에서 했습니다. 미리 주문한 타래실을 칼라별로 나누고 리스의 뼈대가 되어 줄 원형 스티로폼과 코바늘을 나누었어요. 마리아님이 샘플로 미리 완성해 놓은 꽃리스를 보고 우리들은 저마다의 공간에 걸릴 모습을 상상하며 봄의 얼굴을 만났습니다. 유튜브로 프릴 꽃 뜨는 법을 검색해 보고 장미꽃과 양귀비꽃 등을 뜨는 데 몰입했지요. 허리가 아픈 줄도 모르고, 밤 늦게까지 눈이 침침해지도록 그걸 붙잡고 있었습니다.

동네 이웃들과 함께 뜨개질을 하면서 이 세상에 이미 없는 엄마를 만났습니다. 여덟 살 아니면 열 살 때인가요. 엄마와 함께 실을 감으면서 행복했던 그 순간 앞으로 저를 데려다 주었습니다. 실의 포근한 감촉과 예쁜 꽃 한 송이, 한 송이가 완성될 때마다 맞이하게 되는 설렘으로 가슴이 따뜻했습니다. 누구에게나 어린 시절의 추억은 오랫동안 힘이 되어 줍니다.

제가 어렸을 적 엄마의 방에는 늘 반짇고리와 털실 바구니가 놓여 있었습니다. 그 안에는 바느질 도구는 물론이고, 구멍난 양말과 자수가 놓인 천들, 쓰다 남은 색색의 고운 자투리 천들과 대바늘, 코바늘, 뭉치실, 하늘색으로 제 스웨터와 양말을 뜨던 앙고라실이 들어 있었어요. 여름이면 엄마는 새하얀 구정뜨개실로 모자와 민소매티를 떠주시고 책상보를 새로 만들어주십니다. 겨울이면 빨간 벙어리 장갑과 목도리를 떠주셨지요. 넘어져서 무릎이 찢어진 바지는 토끼를 떠서 붙여

더 예쁘게 만들어 주셨습니다. 이렇게 한때 저는 엄마의 뜨개질로 특별한 행복을 맛보곤 했습니다.

엄마 방 한쪽 벽에는 횃대보가 다소곳이 걸려 있었어요. 시집 올 때 직접 곱게 수를 놓아 혼수로 가져온 것입니다. 하얀 옥양목천 바탕 위에 엄마의 소망이 담긴 문양을 수놓아 풀을 빳빳이 먹여 걸어놓은 횃대보가 온 방안을 환하게 만들어주었습니다. 어린 눈에도 그 풍경이 마음에 들어서 그 아래에서 배를 깔고 책을 읽곤 했습니다. 엄마의 손길이 닿는 곳마다 꽁지 긴 새 한쌍이 나뭇가지에 정답게 걸터앉아 있고, 커다란 감나무에는 홍시가 열렸고, 꽃들은 붉게 피었지요.

엄마가 돌아가신 후 저는 그 횃대보 한 점을 버리지 못하고 가져왔습니다. 함부로 버릴 수 없어 거두어 온 것입니다. 새 두마리가 다정하게 수놓아진 우리 엄마의 소망이 담긴 유품, 오래되어 낡은 옥양목천은 세월과 함께 삭아서 군데군데 구멍

이 나 있었습니다. 그렇지만 그걸 버리지 않고 고이 간직하기로 마음 먹었지요. 성한 부분과 문양이 최대한 쪼개지지 않도록 잘라서 가리개도 만들고 찻자리에 쓸 다포로도 만들었습니다. 이 세상에 하나밖에 없는 소중한 작품으로 변신을 한 것입니다. 이제는 엄마방이 아닌 '루치아의 뜰' 창문에 걸린 횃대보를 보면서 마음을 여밉니다. 그 창가에 엄마가 와 있습니다. 마치 제가 벌판에 홀로 서 있는 새처럼 의지할 곳 없어 힘들어 할 때 여전히 저를 바라보며 '괜찮다, 괜찮다'고 위로하시는 것 같아요. 횃대보는 제게 한 땀 한 땀 수를 놓듯이 매사에 정성을 다하며 살아가시던 엄마의 사랑이었고, 세상에서 더없이 아름다운 말이 되었습니다.

얼마전 라이너 마리아 릴케가 말했다는 '예술 사물(Kunst Dinge)'이라는 개념에 대해 서울대학교 교수님께서 언급한 기사를 보고 유레카를 외친 적이 있습니다. 우리에게 추억이 묻어 있는 것들에 대해 가치를 부여할 때 그 사물이 다시금 우리 자신을 구원한다는 내용이었습니다. 볼펜 하나를 볼 때에도 '아, 이건 내가 예전에 이걸로 뭔가를 썼었지.' 혹은 '어떤 친구가 준 거지.' 창문 하나를 볼 때라도 '아내가 저 창가에서 언젠가 어떤 일을 했지.' 이렇게 가치를 부여하는 것이라

했습니다. 제게는 엄마의 다른 이름이 된 횃대보가 바로 그 '예술 사물'인 것입니다.

어느 해 겨울날이던가, 지금도 생생한 기억이 납니다. 엄마는 찬바람이 불기 시작하면 저와 여동생의 스웨터를 새로 떠주려고 동네 아주머니들과 함께 뜨개질을 했습니다. '함뜨'하는 우리들처럼요. 엄마의 솜씨가 좋아서 물어보러 오는 동네 아주머니들이 많았어요. 그분들은 엄마를 부러워하면서 칭찬을 했습니다. 새댁이었던 미선이 아주머니는 더 자주 왔어요.

"아휴! 미경아, 아줌마는 왜 이렇게 니 엄마처럼 못하는지 모르겠다. 옆에서 볼 때는 쉽게 할 것 같은데 집에 가서 혼자 하려고 하면 영 엉망이 되는구나." 그러면 전 기분이 좋아졌고 엄마는 웃으며 엉킨 실타래를 차근차근 풀어서 아주머니들이 원하는 문양을 만들어주셨습니다.

그 방에서 엄마와 저는 둘이서 열심히 실을 감았습니다. 제가 양손에 실타래를 걸고 있으면 엄마가 실을 감는 것입니다. 점점 실이 동그랗게 뭉쳐지고 중간에 팔이 아플 즈음이면 역할을 바꿔서 했습니다. 마치 엄마하고 소꿉장난을 하는 것 같았습니다. 털실감기는 엄마와 제가 하나되는 은총의 시간이었습니다. 실을 다 감고 나면 우리는 실뜨기 놀이도 했습니다. 이런 날이면 엄마는 찹쌀 부꾸미를 해주시거나 구수한 메밀전을 부쳐주셨습니다. 그 쫀득쫀득한 맛이라니요. 맛있게 먹는 딸을 보면서 엄마의 얼굴에는 삶의 기쁨이 피어났습니다.

아마도 제가 엄마의 그러한 점을 조금은 닮지 않았을까 하는 생각이 듭니다. 그러니 이렇게 최첨단 디지털 세상에 살면서 아직도 힘들게 손뜨개를 한다고 모여 있지 않을까요. 봄이 끝나갈 무렵에는 꽃리스를 완성하려고 밤 깊도록 꽃송이를 뜨고 있으면 어지러운 마음이 저절로 가라앉고 엄마의 손길이 사무치게 다가옵니다. 어쩐지 오늘 저녁엔 엄마가 해주셨던 따끈한 찹쌀 부꾸미와 메밀전을 정다운 이웃들과 함께 먹고 싶다는 생각이 듭니다.

새로운 봄, 제 그리움에는 이렇게 엄마의 뜨개질 풍경이 들어있습니다.

루치아의 뜰

오래된 골목에서 발견한 낙서

동네를 걷다 보면 정겨운 낙서를 보게 됩니다. 누가 그렸는지는 모르지만 입장료도 없이 작품을 감상하는 재미가 있습니다. 골목길의 담장과 빈 벽은 낙서하기 좋은 장소이지요. 거기서 공주다운 냄새가 폴폴 풍겨 나옵니다.

70~80년대에는 사대부고 담벼락에 빨간 글씨로 '반공'이란 글씨가 써 있었다고 해요. 현재 정중동 호스텔이 된 대명장여관과 호서극장 매표소 앞 벽에는 가위 그림과 함께 '소변금지'라는 낙서가 세로로 써 있었습니다. 얼마나 거기에다 노상 방

뇨를 했을지 짐작이 갑니다. 그런데 그 글씨를 거꾸로 읽으면 '지금변소'가 됩니다. 웃음이 절로 나옵니다.

루치아 골목에 큰 글씨를 흘려 써 놓았던 '일단 가자, 아버지를 설득시키자'라는 낙서는 사람들에게 많은 상상을 하게 해주었습니다. 자신이 원하는 걸 들어주지 않은 아버지, 아니면 연인들의 결혼을 반대하는 아버지도 떠오릅니다.

요즘엔 주로 방문 기념사진을 찍기 위한 포토존에 여운이 있는 글로 낙서를 해놓고 그곳을 찾는 방문객들이 인증샷을 남기도록 합니다. 젊은이들에게 희망을 북돋아주려는 마음이 담긴 글도 있지요. 볼수록 기분 좋아지는 낙서입니다.

"곧 빛날 그대"

"그 길에 네가 먼저 있었다"

"너와 함께라면 인생도 여행이다"

"준우야, 잠자리 잡으러 가자"

이런 자연스런 낙서가 있는 공주 골목길은 보다 더 그곳을 걷는 이들에게 편안함으로 다가올 것입니다.

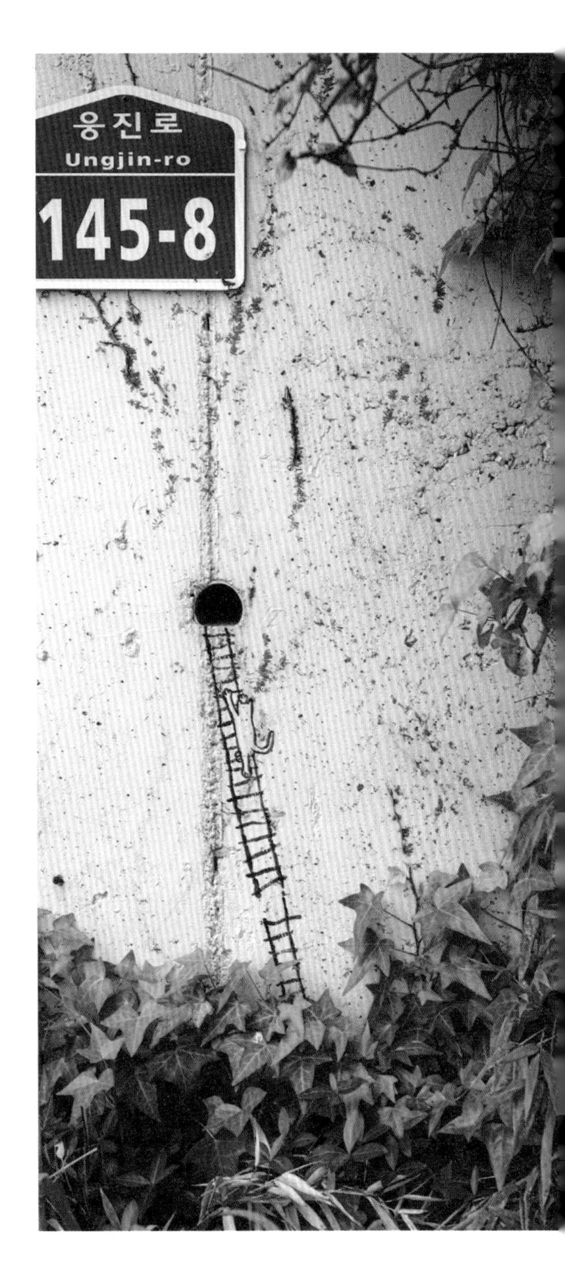

공주 맛집 무궁화회관이 된 무궁화목욕탕

사람들은 어른이 된 후에도 여전히 어린 시절에 먹었던 음식을 오랫동안 기억합니다. 그리고 사람에게서 상처받을 때 그 음식을 떠올리며 위안을 받습니다.

무궁화회관은 공주의 맛집 중 하나로 반죽동에 있습니다. 제민천의 대통다리를 지나 대통사지 역사공원 앞을 지나면 만날 수 있습니다. 예전엔 하숙을 치기도 했고 그 자리에서 목욕탕을 했던 노부부가 운영하는 곳이에요.

친절하고 곱게 무궁화회관에 자신의 인생을 묻어버린 안주인이 한 상 가득 차려내는 푸짐한 밥상은 그 맛이 일품인데 아는 사람만 아는 맛집이지요. 수십 가지 정갈한 밑반찬과 함께 나오는 무궁화 전골이 인기인데 예약이 필수인 집입니다. 소고기와 낙지가 들어간 전골은 육즙이 우러나와서 국물 맛이 좋아요. 2020년 봄에 식객 허영만의 '백반 기행'에 이 집 전골이 방영되었습니다.

북어 보푸라기, 감자채 볶음, 콩 조림, 김무침, 탕평채 등과 온갖 나물 반찬이 한 상 가득 차려지면 먼저 눈으로 만납니다. 다음엔 냄새를 맡으며 행복해합니다. 어릴 때 엄마가 해주셨던 똑같은 반찬들의 냄새가 위로해줍니다. 다정한 사람들과 나누는 따뜻한 안부와 넘쳐흐르던 유쾌한 웃음소리를 들으며 잠시 새 힘을 얻고 옵니다.

저는 이곳을 같은 성당에 다니는 레지오 단장님을 통해서 알게 되었습니다. 단원들과 회합 후 친교를 나누려고 예약을 해주셨지요. 그 후 공주문화원 원장님께서 '공주문화' 편집위원들 수고한다며 밥을 사주신 적도 있었고, 나태주 시인님을 모시고 지인들과 함께 저녁 식사를 할 때도 있습니다. 그때마다 편안하게 추억이 담긴 음식 이야기를 나누었고 이것저것 조금씩 반찬을 집어 먹느라 젓가락질을 여러 번 해야 했습니다. 주인 부부의 미소처럼 마음을 잡아당기는 음식들 앞에서 음식과 얽힌 어린 시절에 대한 그리움 속으로 잠시 빠져듭니다.

패스트푸드가 넘쳐나는 세상에 우리가 잃어버린 것들과 이 집 주인이 지켜가고자 하는 것들, 가족들에게 따뜻한 한 끼를 준비해주셨던 어머니의 손길까지 떠오릅니다.

공주 사람들에게 목욕하는 기쁨을 주었을 옛 목욕탕, 다시 식당으로 변신한 무궁화회관에서 저도 식객이 되어 백반 기행을 떠나 봅니다.

스태프대기실

대통사지 달빛음악회

9월 문화재청 생생문화재도 잘 마무리되었습니다. 가을바람과 함께한 근대로의 산책과 감동적인 음악회 사진이 도착했어요. 세종시에서 활동하시는 서영석 사진작가님께서 그 날 행사 내내 함께하며 찍어주신 작품사진들입니다. 제가 좋아하는 중동성당에서 다양한 포즈로 사진을 찍어주셨는데 사진 속에 그 날의 행복한 시간들이 다 보입니다.

마을 산책이 끝난 뒤 저는 고즈넉한 대통사 터에서 열리는 음악회 사회를 보았습니다. 그 자리에 서 있는 것만으로도 낮 동안의 분주함을 잠시 내려놓을 수 있었습니다. 오늘의 음악회 컨셉은 아이들 노래 동요입니다.

삶이 힘겹다고 느낄 때 혼자서 부를 노래가 있다면 그 모퉁이를 돌며 스스로 헤쳐 나갈 수 있습니다. 오늘 이 음악회에서 들었던 한 곡 한 곡이 그러하길 바랐습니다.

옛 대통사 터에 가을 향을 담은 묵직한 첼로 소리가 퍼지자 그 깊은 울림에 가슴이 떨렸습니다. 이번 음악회는 옛 시절부터 아이들에게 전해져 온 노래를 생생하게 재현함으로써 더욱 값진 시간이었습니다. 음악이 울려 퍼지는 동안은 마치 지나간 세기가 다시 도래했다고 알리는 듯 했습니다. 우리의 옛 선조들이 불렀던 '오빠 생각', '고향의 봄', '옥수수 하모니카' 등의 노래가 연주자들에 의해 부활한 듯했습니다. 사람들은 귀로 듣는 선율보다도 마음속 감상에 더 집중하기 마련입니다.

음악회는 특별히 화려하지는 않았지만 하모니카 연주자 이한결의 참석으로 빛이 났습니다. 그는 단연 돋보였고, 검정 슈트를 입고 하모니카 하나만 들고 무대

위로 올라갔습니다. 그의 진지하고 몰입하는 자태와 익살스럽기까지 한 하모니카 연주는 새로운 매력을 알게 해 주었습니다. 그의 연주는 청중들의 가슴속으로 한 발 더 들어가 엄청난 흥분을 일으켰습니다. 그동안 우리가 하모니카에 대해 갖고 있던 고정관념을 깬 연주로 모두에게 잊지 못할 시간을 선사했습니다. 청중들은 흠뻑 취해 박수를 쳤고, 같이 관람한 지인 중 한 명은 객석에서 일어나 '브라보'를 다섯 번이나 외쳤습니다. 연주자와 함께 사진을 찍고 우리는 그의 팬이 되기로 결심했습니다. 자유자재로 하모니카를 다루며 주도적으로 악기와 하나가 되어 곡에 자신의 목소리를 부여하는 이한결 연주자. 그의 모습은 그 날 최고였습니다.

이어진 부부 성악가의 앵콜 피날레는 가을밤을 단풍보다 더 곱게 물들였습니다. 행사 전체를 기획하신 임재일 소장님과 이경복 감독님의 웃음소리가 대통사지 공원에 퍼져나갔습니다. 공주의 밤이 점점 깊어갑니다.

좋은 집이란
어떤 집일까요

백제의 도읍이었던 공주는 아늑한 도시입니다. 금강이 보이고, 도시를 품어주는 공산성과 제민천이 있습니다. 그 주변으로 올망졸망한 집들이 모여 있지요. 그 집에서 사람들의 이야기가 만들어지고 삶이 이어집니다. 골목 산책의 종착지도 결국 집으로 돌아가는 길이지요. 오늘 저는 우리가 꿈꾸는 좋은 집에 대해 질문을 하고자 합니다.

저는 '루치아의 뜰'과 '초코루체'라는 두 공간을 탄생시키는 과정 중에 그 집을 설계하신 부부 건축가와 많은 이야기를 나눌 수 있었습니다. 일주일에 한 번씩 서울과 공주를 오가면서 그곳에서 무얼 하고 싶은지, 내가 잘 할 수 있고 원하는 일이 무엇인지, 어떤 가치를 추구하며 살 것인지, 가족들 이야기, 차와 책에 관한 이야기, 꽃에 관한 이야기 등이었지요. 집 짓는 이야기보다는 주로 제가 관심 있고 눈길을 주는 것들에 관한 이야기였습니다.

건축가 부부는 지난번 만남 때 함께 나눈 이야기들을 다음번에 만날 때면 스케치를 해오고 설계도면으로 보여줍니다. 어떤 날은 모형으로 만들어 옵니다. 그럴 때마다 건축에 문외한이었던 저는 그 시간이 늘 기대가 되었고 매번 흥분되었습니다. 그러면서 제가 생각하는 좋은 집에 대한 풍경 몇 가지를 그려보게 되었습니다.

우선 좋은 집이란 그 안에 사는 사람의 따뜻한 손길이 느껴지는 공간이라고 생각합니다. 곳곳에서 집주인의 향기를 맡을 수 있어서 기분이 좋아지는 집입니다. 빛이 많이 들어오는 밝고 환한 집이면 더욱 좋겠지요. 오래전 이탈리아 성지순례 길에서 만났던 어느 수도원 회랑의 기둥 사이로 비치던 햇살의 아름다움을 지금도 잊지 못하고 있습니다. 그래서 공사를 할 때 벽을 헐고 창을 많이 내서 환한 빛이 들어오게 만들었고 골목이 다 보이는 집으로 바꾸어 놓았습니다. 밝고 환한 집은 집주인의 마음도 환하게 만들어줍니다.

또 하나는 자연과 함께 하는 집입니다. 자연은 생명 그 자체로 우리에게 좋은 에너지를 줍니다. 저는 차를 공부하면서 뜰이 있는 작은 집을 원했고 거기에 많은 꽃을 가꾸고 싶었습니다. 지금은 담장의 작은 새들과 나비와 벌, 아무렇지도 않게 발자국을 남기며 드나드는 고양이들과 함께 삽니다. 그 속에서 생명에 대한 경외심과 진정한 부활의 의미를 느끼지요.

마지막으로 집 안의 어딘가에는 반드시 '마음이 사는 방'이 있어야 한다고 생각합니다. 자신의 꿈을 키우고 혼자서 마음껏 이런저런 몽상에 빠져들 수 있는 공간 말입니다. 그곳은 집주인의 정신과 철학이 드러나는 곳으로 그야말로 자기 취향의 공간입니다. 자신의 기분을 표현하기도 하고 계절의 변화를 느낄 수 있게 꾸밀 수도 있습니다. 그곳은 차인들에게는 차실이 될 수도 있고 책을 좋아하는 사람들에게는 서재가 될 수도 있으며 베란다에 놓인 작은 의자이거나 집 안에서 제일 어둡고 구석진 골방일 수도 있습니다.

이런 공간이 집 안에 생기면 일상적인 공간이 정신을 풍요롭게 해주는 특별한 공간으로 바뀌게 됩니다. 이곳에는 가장 한국적인 것들이 놓여 있으면 좋겠네요. 예컨대 화려하지도 천박하지도 않은 고졸한 소반이거나 옹기 한 점, 백동 장식을 단 서랍이 있는 낮은 서안이 자리하면 좋겠습니다. 우리가 매일매일 생활하는 집 어딘가에 자신만을 위한 특별한 장소를 만드는 것은 집이 주는 즐거움 중에서도 꽤 큰 의미를 차지하게 될 것입니다.

우리 마음속에 있는 호기심과 창조성을 키워 줄 자신만의 집을 꿈꾸시길 바랍니다. 그럴 때 집은 자신과 가족들의 꿈을 키워 나아갈 수 있는 보금자리가 될 수 있지 않을까요.

오거리시장에 한번 가보시죠

저는 산책을 좋아합니다. 걷다가 마주치는 동네의 작은 공방이나 가게들, 천변의 플리마켓을 기웃거리며 예쁜 물건을 골라서 사는 걸 좋아해요. 소소한 걸 사면서 산책길에 무언가 마음에 드는 걸 찾을 때의 기쁨을 즐기는 것이지요. 골목에서 우연히 발견한 작은 빵집에서 풍기는 갓 구운 빵 냄새는 기분을 들뜨게 합니다.

장을 볼 때도 백화점이나 큰 마트보다는 로컬 장터를 좋아합니다. 고기보다 채소를 좋아해서 길을 걷다가 채소 트럭이나 동네 가게에서 오이 한 상자 2만 원에 판다는 안내문이 보이면 그냥 지나치질 못합니다.

제민천을 따라 공주시청 쪽으로 가다 보면 공주고등학교의 한옥 담장이 보이고 그 앞 오거리에는 장날마다 반짝 시장이 섭니다. 1일과 6일 닷새에 한 번씩 장이 설 때마다 찾아오시는

단골손님들은 서로의 안부를 묻습니다. 예전 공주 원도심에는 하숙을 치는 집이 많았다고 해요. 봉황동의 하숙집 아주머니들이 산성시장까지 장을 보러 가기가 머니 그들에게 필요한 것들을 파는 로컬 장터가 중간 지점에서 오랫동안 열린 것이겠지요.

산성시장처럼 오거리시장도 시대의 변화와 함께 마을 사람들의 이야기를 담고 있습니다. 장날이면 엄마 따라 나온 아이들이 많았어요. 엄마들은 시장에서 무엇을 사면 꼭 “덤 좀 줘유”, “더 담아 줘유”가 입에 붙어 있습니다. 그 말을 자꾸 하는 엄마가 창피해서 아이는 빨리 집에 가자고 손을 잡아끕니다.

하상도로에 지역 어르신들이 길러온 온갖 채소와 풋마늘 몇 접이 놓여 있고 제

영동 포도
영동 포도
25000
농토
농토

철인 감자가 여러 상자 쌓여 있습니다. 밭에서 금방 따온 깻잎이라며 많이 줄 테니 다 가져가라는 할머니는 들기름 팍팍 넣고 멸치도 한 줌 집어넣고 갖은 양념에 지져 먹으면 요즘 같이 입맛 없을 때 최고라고 요리법까지 일러주십니다.

싱싱한 먹거리와 제민천의 물소리, 할머니의 정겨운 입담, 제게 친절한 그 마음과 구경하는 사람들 하나하나가 눈에 들어옵니다. 저도 이 할머니의 단골손님이 될 것 같아요. 이런 것들이 오거리시장을 채우기 때문에 공주시 먹거리 사업단 단장님께서는 연일 이 시장을 sns에 홍보하시느라 애를 쓰시는 것이겠지요.

엄청난 태풍이 올라온다고 합니다. 한 세월 건너기 참 힘드네요. 어린 시절, 여름날에 먹었던 얼큰한 고추장 감자찌개가 먹고 싶어서 감자 한 상자와 남편이 좋아하는 호박잎을 삽니다.

어릴 적에는 비 오는 여름날이면 빗소리와 함께 밑이 노릇노릇하게 눈 찐 감자를 먹거나 감자전을 먹고 스르르 낮잠을 자곤 했습니다. 지금처럼 감자를 쪄서 버터에 구워주는 것은 아니었지만 찌는 동안 퍼지는 냄새와 바로 쪄서 먹는 포실한 그 맛이라니요!

공주 여행길에 꾸밈없이 소박한 오거리시장을 찾아보세요. 제민천을 따라 걸어가는 그 길에서 소도시의 한적함과 뜻하지 않은 즐거움을 느낄 수 있을 거예요. 깻잎이나 감자 한 상자를 사도 좋겠습니다. 우리 마을을 지키고 있는 친숙한 할머니의 입담은 덤입니다.

여름에 열매 맺은 뱀딸기

제민천을 따라 걷다 보면 뚝방에 내놓은 화분들이 보입니다. 재질도, 꽃의 종류도 다양한 화분들을 보고 있으면 그 꽃을 키우는 주인들의 마음을 읽어볼 수 있습니다. 어느 날은 오거리시장 쪽으로 가다가 놀라운 광경을 마주했습니다. 버려진 작은 여행용 가방 안에서 빨갛게 익은 뱀딸기를 보았습니다. 바로 옆 누런 양은 냄비에도 손톱만 한 크기의 무르익은 딸기들이 올망졸망 맺혀 있고요. 꽃집에 가면 보게 되는 것처럼 사다리에 걸어두었는데 화분도, 들풀인 뱀딸기도 서로 최적의 조화를 이루고 있었습니다.

과거에는 지천이었지만 요즘엔 보기 힘든 뱀딸기를 아침 산책 중에 만나니 골목길이 달콤한 장소로 다가왔습니다. 뱀딸기라고 해서 뱀이 먹는 딸기는 아니에요. 주위에 뱀이 있는 것도 아닙니다. 꽃과 줄기가 뱀처럼 땅에 기어서 뱀딸기로 불리게 되었다는 구전을 지니고 있지요. 더위에 아랑곳하지 않고 사랑스럽게 딸기들이 열리니 동네가 발그레해집니다.

그 모습에 반해서 제 일터에도 뱀딸기를 구해 와 처마 밑에 한 줄로 길게 심어놓고 조바심을 내며 기다렸습니다. 금방 줄기가 뱀처럼 기면서 뻗어 나가 제법 풍성한 한 뼘 딸기밭이 되었습니다. 열매는 독이 없어 먹을 수는 있지만 관상용으로 보면서, 찻자리에 다화로 쓰거나 아이들이 올 때 재미로 따 보게 해주니 신기해합니다. 어른들도 어린 시절의 추억 같은 맛이라 여기며 좋아합니다.

사람은 나이가 들어갈수록 좋아하는 꽃에 대한 취향도 바뀌나 봅니다. 전에는 꽃이 크고 탐스러운 작약꽃에 눈이 갔지만 요즘엔 작고 수수한 꽃들이 좋아지네요. 특별히 뱀딸기와 차꽃에 애정이 가곤 합니다. 이 꽃들은 눈에 잘 띄지는 않지만 때가 지나 꽃이 시들고 나면 우리에게 그 열매를 줍니다.

그렇습니다. 열매를 맺는 꽃들은 작고 겸손한 모습으로 피어 있었지요. 한국산 바나나라 불리는 보랏빛 으름꽃이 그렇고, 고개 숙인 하얀 차꽃이 그러합니다. 장미는 그 화려하고 오만한 꽃만 지면 그만입니다. 그러나 딸기꽃은 그에 비해 수줍고 초라하나 시들면 붉은 딸기를 잉태하고 결국엔 우리에게 선물로 주지 않던가요.

제가 장미를 닮으려 하지 말고 수수한 딸기꽃을 닮을 수 있으면 좋겠습니다. 바쁜 일상 속에서 우연히 건네는 배려 섞인 몇 마디 말과 자태, 환한 미소만으로 팍팍한 세상 풍경을 바꾸는 사람들이 있습니다. 점점 저 자신만의 열매와 향기를 간직한 채 자신의 노래를 부르는 어른으로 살고 싶습니다. 휘트먼은 그의 시에서 땅 위에 뻗은 딸기 덩굴은 천국의 응접실을 장식할 만하다고 했습니다. 조금 더 편안한 마음으로 하루하루를 살아야겠습니다.

유관순의 길은 2014년 4월 공주기독교역사위원회에서 공포한 길이에요. 독립운동가 유관순 열사의 흔적과 발자취를 따라갈 수 있도록 지정한 길입니다. 유관순 열사가 2년간 오르내리던 영명학교와 20세기 초 공주지역의 기독교 전파와 근대식 교육이 시작된 상징적인 공간인 구 선교사의 집과 남부 지방에 최초로 세워진 감리교회로 열사가 태극기를 인쇄해 독립운동을 했던 공주제일교회 등이 포함되어 있지요. 이 길을 유관순의 애국심을 본받는 교육의 장으로 가꾸어가고자 한다고 합니다.

PART 4

공주 유관순의 길

교동성당
(옛 향옥터)

충청감영터

공주제일교회/
기독교박물관

금강

공산성

산성시장

제민천

영명학당

1906-2022

당

오래된 예배당의 빛, 스테인드글라스

'공주제일교회'는 공주 지역 최초의 감리교회로, 충남 공주시 제민1길 18번지에 있습니다. 현재 가장 오래된 교회 건물은 1931년에 건립되어 한국전쟁 당시 상당 부분 파손되었다가 교인들의 힘으로 재건되었습니다. 건물 보수 당시에 벽체, 굴뚝 등을 그대로 보존하는 등 그 흔적들이 잘 남아 있어 교회 건축사적으로 높은 가치가 있는 것으로 평가되고 있으며 현재는 기독교박물관으로 지정되었습니다.

공주 원도심 봉황동 제민천 옆 오래된 예배당의 아침, 신자들도 마을 사람들도 인기척이 없는 교회 마당에는 배롱나무가 아침이슬을 맞고 서 있습니다. 해가 뜨면 벽에 걸린 유관순 열사와 그녀의 양어머니인 사애리시 선교사님이 들꽃처럼 피어 반기는 곳이에요. 3.1 독립운동 민족대표 33인 중 기독교 대표이셨던 신흥식 목사님의 동상도 보입니다.

교회 안으로 들어서면 제대 위에서 아름답게 빛나고 있는 스테인드글라스가 눈에 들어옵니다. 마치 신의 색이라고 느낄 수 있을 만큼 오묘한 색유리가 우리 마음을 사로잡습니다. 시시각각으로 변화를 일으키면서 다채로운 색으로 비추는 모습은 그 누구의 기억에도 쉽게 잊히지 않을 것입니다.

이곳의 스테인드글라스는 우리나라의 초기 스테인드글라스 개척자인 이남규 작가님의 작품입니다. 그분이 지녔던 신과 예술에 대한 생각을 이곳을 돌아보다 보면 조금은 알 수 있을 것만 같아요. 작가님의 스테인드글라스는 탐방객들이 자신을 낮추고 또 다른 나를 만나게 이끌어줍니다. 세 개의 빛은 성삼위일체인 '성부, 성자, 성령'의 세 위격으로 계신 신을 형상화한 것이라고 해요. 어려운 기독교 교리를 작품으로 잘 표현해 놓았습니다. 빛과 색깔의 조화가 아름다운 이 작품으

로 오래된 기독교 예배당이 더 따스해집니다.

저는 탐방객들과 함께 이곳에 들어설 때마다 이 아름다움의 의미를 몇 번이고 반복해 이야기합니다. 교회의 긴 장의자에 앉아 잠시 말없이 바라보면 멈춰버린 시간이 소리 없이 다가옵니다. 이 교회 안에선 공주 땅에서 참으로 짧은 생애를 불꽃같이 살다 떠나신 샤프 선교사와 영명학교를 다니며 이 교회에서 믿음을 키웠던 유관순 열사의 얼굴도 보이는 듯합니다. 남편 샤프와 함께 시대의 선구자로서 제일교회를 빛낸 사애리시 선교사와 '어머니의 언더 라인'을 시로 쓴 박목월 시인도 보입니다. 여기서 결혼식을 올린 시인은 당신 어머니의 유품으로는 낡은 성경책 한 권뿐이었다고 말합니다.

그들의 삶의 발자취를 느껴볼 수 있는 공주제일교회, 기도 소리와 고요한 경외감으로 가득한 빛의 교회, 그 마당에는 피어나는 들꽃 한 송이조차 숨죽이고 있습니다.

영원한 빛의 영명학교

영명학교는 사애리시 선교사가 남편 로버트 샤프 선교사와 함께 공주 선교부에 부임한 후 세운 학교입니다. 부부는 명설학당이라는 이름의 남학교, 명선학당이라는 이름의 여학교를 각각 세워 운영했습니다. 샤프 선교사가 장티푸스로 갑작스레 별세하자 잠시 미국으로 돌아가 있던 사애리시가 2년 만에 공주로 돌아왔고, 두 학교는 분위기를 일신하며 이름도 영명학교와 영명여학교로 바꾸었습니다.

영명학교는 기독교 신앙 못지않게 민족정신이 투철한 학교였습니다. 영명학교 초대 교장 프랭크 윌리암스 선교사(한국명 우리암)가 자신의 아들 이름을 '우광복'이라 지으며 조선 독립을 희구했을 정도로 학교 구성원 모두에게 항일의식이 공유되고 있었지요. 사애리시의 설득으로 유관순은 천안에서 공주의 영명여학교로 유학을 오기도 했습니다. 1919년 4월 1일 공주 만세운동을 주도한 것도 바로 영명의 교사와 학생들이었습니다. 영명여학교를 다니는 2년 동안 유관순의 가슴속에도 같은 정신이 새겨졌을 것입니다.

영명학교 교정에는 유관순과 사애리시 선교사의 다정한 모습을 구현한 조각상이 설치되어 있습니다. 탐방객들은 그 앞에서 당신들의 이름을 불러 봅니다. 떠난 뒤 100년의 세월이 흘렀지만 함께 꽃피운 애국 신앙의 자취는 교정 곳곳에 남아 영명의 이름처럼 빛나고 있습니다.

당신 같은 분들이 조국의 독립을 위해 끝까지 용기를 내어 외쳤기 때문에 우리가 있는 것임을 알게 됩니다. 이 동상 앞에 서면 당신들을 바라보며 그 시간 속으로 걸어 들어갑니다. 당신들은 안 계시지만 그 존재의 의미는 우리 마음에 새겨지고, 당신들의 시간 역시 지금 우리의 삶 속에 유산으로 남아 있습니다.

유관순 열사, 짧은 생애를 살고도 전설이 된 당신은 어린 나이에 순국했지만 지금도 이 학교 여기저기에서 그 목소리가 들려오는 것 같아요. 사애리시 선교사의 헌신적인 보살핌과 후원 아래 영명학교에서 투철한 민족정신을 배웠지요. 격동의 시대를 온몸으로 버티며 살다 간 당신, 그 날 탐방객들과 저는 당신의 모습을 오래도록 바라보았습니다.

당신이 사애리시 선교사에게 건네받아 읽은 책 중에는 프랑스의 구국 영웅 '잔다르크' 이야기가 실린 『애국 부인전』이 있었습니다. 훗날 3·1운동의 상징이 된 당신에게 '한국의 잔다르크'라는 별명이 붙게 된 것도 우연이 아니었던 것이네요.

천안 매봉 자락에서 자란 당신이 서울 이화학당에 입학하기까지의 시간들은 많은 부분 베일에 가려져 있습니다. 사실 나라를 빼앗긴 민족, 그 중에서도 어린 소녀의 삶에 무슨 그리 대단한 사건들이 있었을까요.

단 하나, 당신이 고향 천안을 떠나 이웃 공주로 거처를 옮겨 영명학교에 다녔다는 것만은 기록에 남겨져 있습니다. 천안 지령리의 똑순이는 어느새 조국을 가슴에 품은 애국 소녀로 자라, 발걸음을 서울로 옮기고 있었지요. 훗날 만세운동으로 가족을 잃은 당신의 두 동생을 거두어 돌봐준 것도 바로 영명의 품이었습니다.

공주역사전망대에 올라서면

탐방객들은 영명학교를 떠나기 전에 표지판 하나를 보게 됩니다. 100년은 넘어 보이는 커다란 느티나무 아래 써 있는 '공주역사전망대' 표지판이 그것입니다. 어쩌면 이 느티나무는 누구보다 더 생생하게 역사 속 그 날들을 기억하고 있겠지요.

역사전망대에 올라서면 공주의 옛 모습을 담은 흑백 반투명 패널이 눈길을 끕니다. 제민천이 길게 흐르고 있고 그 양옆으로 가득한 초가집들과 양반들이 살았던 기와집 모습이 현재의 모습과 겹쳐 보여 색다른 풍경을 자아냅니다.

바닥에는 공주의 주요 거점 공간과 옛 지도가 함께 자리하고 있습니다. 공주의 근대 모습과 현재가 교차하며 공존하는 것이지요. 이곳에서 다시 한 번 공주가 갖고 있는 보물들을 만나게 됩니다. 오늘의 공주는 이미 찬란했던 백제 시대의 분위기와는 전혀 다른 모습입니다. 그러나 고도 공주와 충남의 근대역사의 중심이 되었던 이 작은 도시는 이런 것들이 있어 여전히 당당합니다.

계단을 밟고 올라서면 전망대라 이름 붙일 만하게 탁 트인 공간에서 공주 원도심이 한눈에 들어옵니다. 조금 전에 함께 산책해 온 길도 보이지요.

저 큰 건물은 오래 전에 무엇이었을까? 흑백으로 그려진 옛 지도에서 포정사라 쓰인 글씨와 향교가 눈에 들어옵니다. 탐방객들에게 충청감영의 정문인 포정사를 기준으로 우리가 방금 지나왔던 공간들을 찾아보게 합니다. 오래된 듯 보이는 저 집은 그때도 같은 자리에 있었을까요? 과거와 현재의 대화는 계속됩니다.

큰 느티나무 그늘 아래서 잠시 쉬어가기로 합니다. 교복을 입은 학생 몇몇이 앉아 있습니다. 그때 시원한 가을바람이 고목을 흔듭니다. 우리들의 이야기를 듣고 있다는 메시지를 보내는 듯했습니다.

저는 오늘의 공주에 이곳의 역할이 큰 의미를 갖는다고 생각합니다. 어느새 그 너머로 해가 지고 있습니다. 붉은 노을이 물들어가면서 서서히 하늘이 변합니다.

곧 이곳에서 문화재청 생생문화재로 열리는 노을 음악회가 시작됩니다. 저는 오늘 음악회 사회를 보게 됩니다. 출연자들이 노을 속에서 리허설을 하는 풍경이 황홀합니다. 모든 아름다운 풍경은 자연이 배경이 되어줄 때 더 아름답다는 것을 여기서 다시 깨우칩니다.

3.1 중앙공원과 유관순 열사 동상

유관순 열사의 동상이 세워진 3·1 중앙공원(구 앵산공원)은 유관순 열사가 2년 동안 재학했던 공주 영명중·고등학교 옆에 있습니다. 일제강점기 일본의 탄압과 억압에 맞서 싸운 3·1 운동 100주년을 맞이하여 새롭게 조명되는 역사적인 기념 공원입니다. 또한 3·1 중앙공원은 공주에서 가장 오래된 공원이며, 벚꽃 명소로도 유명합니다.

유관순의 길을 따라 걸으며 영명학당 교문을 지나 충남역사박물관 쪽으로 걸어가면 3·1 중앙공원이 모습을 드러냅니다. 가장 먼저 눈에 들어오는 것은 높은 받침대 위에 서 있는 황금색 옷을 입은 여자의 모습입니다. 이는 2019년 3·1운동 100주년을 맞이하여 새롭게 조성되는 도시재생 골목길 아트 프로젝트의 일환으로 설치되어, 이제는 도시의 새로운 상징물이 되었습니다.

공주시에서는 유관순의 길에 여러 동상을 만들어 놓았습니다. 샤프 선교사 부부와 같이 있는 어린 유관순의 모습, 독립운동 민족대표 33인 중 한 명인 공주제일교회 신흥식 목사 동상 또한 찾아볼 수 있습니다.

직경 5미터의 강화주물로 만든 조각상은 긴 머리를 땋아 하나로 묶고 통치마 저고리에, 한 발을 앞으로 내딛고 높은 기단 위에 홀로 서 있는 모습입니다. 그 모습에서는 비장함이 느껴집니다.

지난 봄날, 벚꽃이 하얗게 떨어지는 저녁에 남편과 지인들과 함께 이곳에 방문했다가 홀로 서 있는 유관순의 모습을 보고 우리들은 말없이 사진을 찍고, 벽에 기록되어 있는 유관순 열사 일대기를 눈으로 따라 읽기도 했습니다.

여전히 대한독립 만세를 외치는 듯한 군중에 둘러싸여 한 손엔 성경책을, 다른 손엔 태극기를 들고 먼 곳을 바라보는 듯한 모습으로 서 있는 유관순 열사가 거기 있습니다.

그날의 외침과 함성이 오늘의 우리를 지켜주었던 건 아니었을까요.

유관순 열사상
독립선언문

맨 처음 만나는 봄,
복수초

3월 5일 경칩이 되자 가장 먼저 봄소식을 전해준 아이. 또 다른 이름은 설연화! 눈 속에서 피는 꽃입니다. 겨우내 쌓인 갈색 낙엽 옆에서 사계절 푸른 빈카의 초록잎들과 대비되는 샛노란색 복수초, 그 작은 꽃이 땅바닥에 붙어서 피어나니 더 반갑고 애잔하네요. 박완서 작가는 이 꽃을 보고 순간 아들이 중학생 때 입고 다녔던 감색 교복에 달려 있던 금빛 단추가 떨어져 있는 줄 알았다고 했습니다.

이 복수초는 지난해에 동장님께서 정성껏 심어주신 아이입니다. 이동하는 사람들이 밟지 못하도록 돌덩이로 울타리도 만들어주셨죠. 이 꽃은 잎도 줄기도 미미해서 애정을 가지고 보지 않으면 밟히기 알맞은 꽃입니다. 그런데 그 꽃이 피어나자 골목이 다 환해진 것 같습니다. 올봄 제 눈을 최초로 사로잡은 봄빛이자 희망의 색으로도 보입니다.

노란 병아리같이 예쁜 아이가 하루가 다르게 쑥쑥 자랐습니다. 일주일이 지나자 10송이가 피어났고요. 13장의 꽃잎이 다 펼쳐지면 그 속에 노란 꽃술이 보입니다. 초록색 잎사귀는 마치 쑥잎처럼 뾰족뾰족하네요.

아침에 해가 나면 접었던 노란 꽃잎을 펼치기 시작하고 해가 질 무렵이면 꽃잎을 오므립니다. 아! 복수초도 낮달맞이꽃처럼 아침 햇살과 함께 꽃잎을 펼치고, 저녁노을과 함께 꽃잎을 접는구나. 그 뒤로 저는 출근을 하면 가장 먼저 쪼그리고 앉아 그 꽃을 바라봅니다. 곧 차례차례로 피어날 다른 꽃들을 기다리면서요.

사애리시의 응접실, 선교사의 집

공주 중학동 쪽지골길에 있는 옛 선교사의 집은 국가등록문화재로서 근대 조선에 파견된 샤프 선교사가 1905년에 직접 설계하고 지은 서양식 주거용 건물입니다. 갓 결혼한 사애리시와 함께 신혼 생활을 하면서 선교센터 역할을 할 수 있도록 3층으로 지어졌습니다. 영명여학교를 세우고 나라 사랑의 정신을 일깨워주었던 사애리시와 그 학교에 다니던 어린 유관순 열사가 함께 살면서 그의 성장에 길잡이가 되어주고 버팀목이 되어 주던 곳입니다.

옛 선교사의 집은 지금의 영명중·고등학교 옆에 있습니다. 빨간 벽돌로 지어진 이곳은 동화책 속에 나오는 이국적인 모습입니다. 늘 문이 잠겨 있어서 안쪽이 궁금한 집이기도 하지요.

지난 2023년 9월 문화재 야행 때는 이곳에서 '별이 빛나는 사애리시의 응접실' 코너가 사전예약으로 진행되었습니다. 그땐 바로 마감이 되어서 못내 아쉬웠습니다. 선교사 사애리시가 살던 집의 응접실이라니요. 마치 선교사님 부부가 살았던 시절로 돌아가서 그녀의 응접실에 앉아있는 것 같았을 텐데요. 그들을 기억하기에 좋은 프로그램이었다는 생각이 듭니다. 유관순 열사의 스승이었던 사애리시 선교사의 흔적을 더 가까이서 볼 수 있고, 특별한 시간을 보낼 수 있었을 듯합니다.

사실 저는 몇 년 전에 개인 소유로 되어 있는 이 집 주인의 허락을 받아 공주 골목길 회원 몇몇과 함께 들어가 본 적이 있습니다. 문을 열고 안으로 들어가니 이곳에서 신혼의 단꿈이 채 가시기도 전에 남편 샤프 선교사와 사별한 앨리스 선교사의 슬픔이 느껴져 뭉클했습니다.

이 집은 사애리시 부부가 직접 설계하여 지은 집으로 공주 사람들에겐 호기심과 선망의 대상이었다고 해요. 신혼인 그들의 보금자리로 지하 1층, 지상 3층짜리 벽돌 건물을 지었는데 이 집을 구경하려고 충남 각지에서 교인들이 몰려들었고 부러운 듯 집을 둘러보며 "앨리스 선교사님은 현세에서 천국을 사신다"고 말했다 합니다.

건물 안쪽 1층과 2층에는 방이 여러 개 있었습니다. 2층으로 올라가는 계단을 밟고 올라가는데 삐거덕거리는 소리가 계속 났어요. 3층은 전체가 하나의 방으로 되어 있었습니다. 천장이 높았고 세로로 긴 창이 많아 개방감이 좋았습니다. 이 창문을 통해 앨리스 선교사님은 아침마다 남편이 잠들어 있는 선교사 묘역을 바라보았다고 해요.

이곳은 유관순 열사가 영명여학교 재학 시절에 스승 사애리시와 함께 살았던 집이기도 해요. 그녀는 '유관순 열사 신앙의 어머니, 충청 선교사의 개척자'라고 불립니다. 두 사람의 운명 같은 만남으로 사애리시는 유관순을 친딸처럼 돌보며 후견인 역할을 했고, 나중에 서울 이화학당으로 전학을 시킵니다. 두 사람은 함께 충청도 일대를 누비며 전도 활동을 벌이기도 합니다.

한동안 이 집은 공주사범학교 여학생들의 기숙사로 쓰였던 곳이었고, 서울에서 내려온 공주대학교 교수들이 살던 집이기도 해요. 개인적인 소망이 있다면 이 집을 시청이나 영명학교에서 매입해서 시민들이 소통하고 공유하는 응접실 같은 공간으로 오픈되기를 바랍니다. 선교사 부부를 기념하기에 이보다 더 좋은 집은 없을 듯해요. 이 집이 품고 있는 고유한 시간의 가치를 허물어버리지 않고, 멈춰 있는 시간을 다시 살려내면 좋겠습니다.

우리가 당한 고난이 크고 많은 것이 많지만
하나님께서는 어떤 식으로든 선한 길로 인도하실 것이기 때문에
우리는 그것을 믿고 두려워하지 말아야 할 것이다

IN MEMORY
R.A.SHARP
b.1872
d.1906

산 이와 죽은 이가 만나는 선교사의 묘역

선교사의 집에서 그리 멀지 않은 곳에 선교사의 묘역이 있습니다. 영명학당을 지나 한적한 숲속 오솔길을 따라 올라가면 크고 작은 몇 개의 묘비가 서 있고, 아침 햇살을 듬뿍 받은 선교사의 무덤이 보입니다. 저는 묘비 앞에 가만히 앉아 그들이 곁에 있다고 상상해봅니다.

죽음의 공간인 이곳에서 앨리스 선교사님의 영혼을 다시 만나는 것이 쓸쓸하다는 생각이 들기도 했어요. 이국땅에서 이방인 선교사로 살아가던 샤프 부부의 고독한 모습이 떠올라 마음이 아팠습니다. 남편의 갑작스러운 죽음을 맞게 된 아내는 함께 지은 선교사의 집 2층에서 아침이면 남편이 잠들어 있는 이곳을 바라보며 기도를 했다고 합니다.

밤하늘의 드높은 별처럼 빛나서 우리를 한없이 작아지게 하는 샤프 선교사 부부의 헌신 앞에 마냥 서성입니다. 그들은 한국에서 사회적 약자로 불리는 여성과 아이들을 사랑으로 양육해서 위대한 리더로 세웠습니다. 그들이 한국인들을 섬기며 보여준 감동적인 헌신, 그의 품에서 자란 유관순이 신앙을 토대로 한 나라사랑의 정신을 떨친 모습은 오늘의 우리에게도 귀감이 되고 있지요.

샤프와 앨리스. 고마운 두 분의 존재에 감사드리며 지금 여기서 당신들을 생각합니다. 당신들의 삶은 잊히지 않고 이 비석에 남아 있지요.

이곳에서 멀리서 온 이방인 선교사 앨리스 부부를 마주하려면 몸과 마음을 단정히 하게 됩니다. 가만히 두 분이 우리에게 들려주는 이야기를 기다립니다. 이 세

상, 아니 공주 땅에 다녀가신 두 분의 존재의 의미가 새롭게 각인됩니다.

오래된 묘역에는 크고 작은 묘가 있고 묘비가 세워져 있습니다. 여러분은 이곳에 한 번이라도 와 본 적이 있는지요? 아마도 공주 사람들조차도 와 본 적이 없을 것입니다. 저는 외부에서 온 탐방객들을 안내할 때 이곳을 지나곤 합니다. 일찍이 목숨 걸고 낯선 타국에 와 선한 일을 하며 선교활동을 펼치다가 돌아가신 분들이 잠들어 있는 공간, 대전 국립묘지에 가면 흔하게 보이는 꽃다발 하나 보이지 않는 묘역에서 잠시 서글픈 마음을 달랩니다. 더 따뜻하게 관리하고 많은 사람이 종교와 상관없이 이곳에 다녀가기를 바랍니다.

선교사 묘역에서 가장 큰 묘비는 샤프 선교사의 것입니다. 그곳에 새겨진 묘비명은 아주 단순합니다.

"In Memory/R.A.Sharp/1872~1906"

단 한마디 "당신을 기억하자"입니다.

영명학교를 통해 공주 근대 교육의 기틀을 마련한 샤프 선교사! 그는 너무 일찍 젊은 나이에 생을 마쳤습니다. 하지만 당신을 기억하는 많은 이가 꾸준히 찾아오길 바랍니다.

온유라는 아이를 만난 날

지난해 8월에는 문화재청 생생문화재 '공주문화재에서 만나는 대한민국 근대 체험' 프로그램을 진행할 기회가 있었습니다. 참가자들과 함께 공주 근대역사 탐방로 코스를 따라 산책하며 공주의 이야기를 들려주었어요. 이날은 비는 안 왔지만 습하고 더운 날이었습니다. 그런데 뜻밖에 신탄진 갈보리교회 목사님과 주일학교 아이들이 20명 이상 단체로 참여를 했습니다. 그 중에서 기억나는 한 아이가 있었습니다. '온유'라는 8살짜리 어린아이입니다. 그것도 '박온유'!

온유는 제가 딸을 낳게 되면 그 아이에게 지어주려고 했던 이름으로 부드럽고 따뜻한 성품이란 뜻이에요. 예수님의 '산상수훈' 가운데 여덟 가지 복 중 하나입니다. 젊은 시절의 저는 지금보다 까칠했습니다. 제가 만든 프레임으로 사람을 판단하고, 뭐든지 분명해야 했지요. 모호한 태도와 대충 얼렁뚱땅 넘어가는 것을 싫어하고 다른 사람의 실수를 따뜻하게 품어주지 못했습니다. 아무 때나 제 경계에 들어오거나 간섭하는 것도 아주 싫어했지요.

그 당시에 제게 온유함만 있었더라도 사람 사이의 관계를 더 부드럽게 이끌어가면서 해결될 일들이 참 많았습니다. 성당에서도 오랫동안 신앙생활을 묵묵히 하시는 분들은 그의 언사와 행동에서 온유함이 느껴지는 것을 보게 됩니다.

다행히 남편이 제게 부족한 온유한 성품을 지닌 사람이어서 그를 닮은 예쁜 딸 하나를 낳아 온유라는 이름을 지어주고 싶었습니다.

저희 부부는 결혼 생활을 해오면서 남과 비교하지 않았고 둘만의 친밀함으로 소소한 행복을 누렸지요. 딱 한 가지 아쉽고 부러운 게 있다면 예쁜 딸 하나! 하나밖에 없는 아들 녀석은 저를 닮았는지 까칠하기가 이를 데가 없습니다.

할머니와 엄마, 아빠와 함께 온 초등학교 1학년생인 온유는 정말로 하느님 사랑 안에서 잘 자라고 있는 아이였습니다. 자신의 이름에 걸맞게 따뜻해서 함께 온 언니, 오빠들을 배려할 줄 아는 마음씨도 고운 아이였습니다. 작은 키에 물방울무늬 원피스 차림새 또한 단정하고 산뜻했어요. 웃는 얼굴로 제 이야기를 듣고 있는 모습은 모든 이에게 호감을 샀습니다.

그 더운 날 옛날 교복을 입혀서 행사 사진을 찍는데도 짜증 한 번을 내지 않았고, 한 시간 정도 유관순 열사의 흔적을 따라서 '유관순의 길'을 걷는 동안에도 누구보다 앞장섰던 아이였습니다.

가장 감동적인 모습은 산책 마지막 종착지인 중동성당 마당에서였습니다. 주최 측에서 참가자들과 어린이들에게 수박 주스와 쿠키를 먹게 했는데 온유가 다른 친구들에게, "우리 하나씩만

먹어야 해."라고 말하는 걸 우연히 듣게 되었습니다.

늦게 도착하는 또 다른 아이들을 위해 남겨놓아야 한다는 말이었습니다. 어른보다도 너그러운 온유의 말이 제 마음을 따뜻하게 했지요.

점심 식사 후 토크쇼를 하는 동안에도 어른들은 오히려 집중하지 못하고 핸드폰을 들여다보는데 초등학교 1학년인 온유는 꼼짝 않고 앉아서 그 옛날 불렀던 '공주의 거리'라는 노래를 따라 부르고 있었습니다. 사회자도, 토크쇼 강연자도 모두 온유와 갈보리교회 어린 친구들을 위해서 큰 박수를 쳐주었습니다.

산책 중에 아이들이 힘들까 봐 잠시 쉬어 가면서 퀴즈 하나를 던졌습니다.

"공주와 신탄진의 차이점은?"

그런데 온유가 아이다운 천진난만함으로 가장 먼저 대답을 했습니다.

"내 자전거가 없다."

그러자 다른 친구 하나는 "갈보리교회가 멀다."라고 대답을 해서 목사님도 부모님들도 함께 웃었습니다.

저는 이날 로컬 투어를 진행하면서 하느님 현존의 표시를 이 아이를 통해서 보았습니다. 그리고 더 아이를 낳을 수 없는 나이가 된 지금, 뾰족한 제 성품을 온유함으로 다듬어주시기를 소망했습니다. 이날은 제가 오히려 8살 온유와 갈보리교회 어린 친구들을 통해서 '8월의 크리스마스' 선물을 받은 축복의 날이었습니다.

박온유, 제 마음속의 딸 이름!

봄바람에 웃는 미인, 도화

시인이자 정원사인 '에밀리 디킨슨'은 봄을 '범람'이라 부르면서 특별히 3월을 '선언의 달'이라 칭했습니다. 겨우내 잠자던 식물들이 깨어나고 태양은 꽃눈을 달구어 봉오리가 열리게 하고 그 향기를 밖으로 끄집어내지요. 녹색의 잎들은 봄바람에 찰랑거리고 사람들은 뭐든 할 수 있는 계절일 수 있어요.

오늘은 동장님이 동네에 심어놓으신 자태 고운 미인 복사꽃이 기다리고 있습니다. 키가 2미터 이상 자라나 꽃송이도 가지마다 가득합니다. 몽글몽글 맺혀서 환하게 밝혀주는 것이 마치 가로등을 켜놓은 듯도 하네요. 내게 다른 사람에게는 들려주지 못한 무슨 이야기를 다정하게 들려주는 것 같습니다. 꽃도 미소도 아름다운 봄날이지요.

복사꽃은 그 아련한 연분홍빛이 어느 꽃과도 견줄 수 없이 곱습니다.

어느 시인의 표현처럼 젊은 여자의 흐느낌이 들리는 듯합니다. 복사꽃과 물과 여인은 동양에서 낙원을 구성하는 기본 요소라고도 합니다. '무릉도원'이 바로 그것이지요.

어린 시절에 동무들과 함께 부르던 '고향의 봄' 노랫말처럼 복숭아꽃은 살구꽃, 아기 진달래와 함께 고향을 상징하는 꽃이기도 합니다. 우리 할머니는 복사꽃이 피고 나면 까치 복숭아를 한바가지 따서 껍질째 먹어보라고 주셨어요. 치아가 성치 않은 당신은 물렁하고 물이 많은 황도를 마루에 앉아 숟가락으로 떠서 드셨습니다.

복사꽃은 부모님의 만수무강을 기원하는 의미의 꽃이기도 합니다. 정조 임금은 어머니 혜경궁 홍씨의 회갑 잔치에 복숭아꽃 3천 송이를 선물했다는 기록이 남아있습니다.

나이가 점점 드는 것과 하루하루가 빠르게 지나가는 것에 조바심이 들 때도 많지만 그 경이로운 사실 또한 받아들이며 살고자 합니다. 지나버린 젊은 날들보다 노년에 다가올 시간이 더 행복해질 수 있기를 바랍니다. 오래된 복숭아나무에서 피어나는 연분홍빛 꽃처럼.

살랑살랑 봄바람 속에 피어난 곱고 고운 복사꽃. 네가 있어 한동안 설렘과 기쁨의 나날들이 이어질 것 같아요. '어린 왕자'에 나오는 문장처럼.

"가령 네가 오후 4시에 온다면, 나는 3시부터 벌써 행복해지기 시작할 거야."

꽃이 천천히 지기를 소망해 봅니다.

11명의 마을사람들이 들려주는 공주 골목길 이야기

공주에서 30년 이상 살아오신 분들과 몇 년 전부터 공주로 이주해 원도심에서 활동하고 있는 청년들을 만나 인터뷰를 하고 함께 나눈 대화를 정리한 글입니다. 제 글만으로는 아쉬웠던 공주 골목길의 모습을 그분들이 들려주신 공주의 시간과 이야기를 통해서 더욱 속속들이 엿볼 수 있으실 거예요. 고도 공주의 오래된 시간과 공간, 사람들을 만나보시지요.

소중한 기억과 이야기들을 나누어주신 모든 분들께 깊은 감사를 드리며 언제나 여러분의 삶을 응원하겠습니다.

인터뷰 interview & 글 writing 정리 : 석미경

사진 photo : 박인규

PART 5

공주 골목길 산책,
사람 산책

〈봉황재〉
권오상 대표

요즘 공주 원도심으로 많은 청년을 유입시키며 활발한 활동을 펼치고 있는 권오상 대표님은 2018년부터 한옥 게스트하우스 〈봉황재〉와 커뮤니티 기반 지역관리회사인 (주)퍼즐랩을 운영하고 있습니다. 작약꽃이 한창 피어나는 5월 봄날의 이른 아침, 봉황동 큰샘골에 위치한 〈봉황재〉를 찾아갔습니다. 인터뷰 도중에도 대표님을 찾는 전화가 계속 걸려왔습니다. 현재 공주 원도심은 인구 쇠퇴로 그 위상이 과거와 같지 않지만 권 대표님 같은 청년이 찾아와 일터를 만들고 자신만의 철학으로 마을에서 공간을 운영하며, 자기 영역을 만들어가고 있는 모습에 박수를 쳐주었습니다.

♧ 게스트하우스 '봉황재'를 언제 오픈하셨나요? 특별한 계기가 있었는지요?

사실 처가가 공주에 있었습니다. 10년 이상 공주에 오갈 일이 있었지만 봉황동 골목길 안쪽으로는 한 번도 들어가 볼 생각조차 안 하고 있었어요. 2018년 초에 우연히 만나게 된 60년 된 한옥을 보고 무언가에 홀린 듯 바로 계약했고 그때부터 지금의 공주 생활이 시작되었습니다. 여행을 좋아했고, 관광 관련 일을 하고 있었기 때문에 업종에 대한 큰 고민은 없이 게스트하우스를 하기로 결정했습니다. 스페인의 그라나다, 영국의 바스와 같은 여러 나라들의 오래된 도시의 모습들을 상상하며 하루하루 공주 원도심의 변화를 즐기고 있습니다.

♧ 일을 계속하게 하는 원동력이 있다면 무엇일까요?

게스트하우스 운영자들 중에는 여행을 좋아하는 사람들이 많습니다. 저도 마찬가지구요. 게스트하우스만의 매력은, 여행을 떠나지 않고도 전 세계의 여행자를 만날 수 있다는 점입니다. 매일매일 찾아오시는 손님들을 맞이하고 마을을 안내하면서 세상을 보는 새로운 시각을 늘 마주합니다. 이런 점이 오래된 도시인 공주의 원도심에서 한옥 게스트하우스를 운영하며 스스로를 지치지 않게 하는 원동력이 됩니다. 아쉬운 점이 있다면 코로나 이전에는 외국인 관광객들도 종종 찾아주었지만 지난 몇 년간 뜸했던 것이 있겠네요. 이제는 새로운 만남과 연결을 다시 기대해 봅니다.

♧ 방문객들을 대하는 기준과 삶의 좌우명은 무엇일까요?

다양한 방문객을 대하는 기준은 모두를 만족시키기보다는 공주와 우리 동네, 저희 집을 좋아할 가능성이 높은 분들에게 보다 더 집중하고 그들로부터 주변으로 공주와 저희 게스트하우스에 대한 좋은 인상이 몽글몽글 퍼져나가기를 바라고 있습니다. '재미없는 것은 싫어!'를 좌우명으로 살아가고 있네요.

♧ 공주 원도심과 관련된 특별한 기억이나 인상이 있다면요?

봉황재를 운영하기 전의 기억인데요. 처가가 있는 공주 중동성당 아랫마을은 마치 제 어린 시절 춘천 죽림동성당

“

공주 원도심을 생각하면 뿌듯합니다. 정말 뿌듯해요.
여기서 제가 꿈꾸고 재미있게 해보고 싶었던 일들을 동료들과 함께
실험하며 오래도록 살고 싶어요. 로컬에서 마을 사람들과
함께 할 수 있는 일들을 고민하고 또 고민하겠습니다.

”

바로 아래에 있었던 할머니 댁과 비슷한 느낌이었습니다. 친구들과 골목길에서 시간 가는 줄 모르고 뛰어놀다가 해가 뉘엿뉘엿 저물어 갈 때, 성당 종소리가 울리면 갑자기 날씨가 선뜻해진 것 같고, 모르는 사이에 어둑해진 하늘에 어쩐지 외롭고 두려운 마음이 들기도 했습니다. 골목길을 따라 내려오는 동안 밥 짓는 냄새와 각각의 집에서 저녁 밥상 차리는 소리를 들으며 모퉁이를 돌면 허기짐과 함께 느꼈던 안도감이 밀려오곤 했습니다. 그 기억 속의 종소리가 울리는 마을의 모습을 공주에서 찾았고, 다른 도시의 낯선 동네라는 생각보다는 어린 시절의 기억 속으로 다시 여행하는 것 같은 동네가 바로 공주 원도심이었습니다.

♧ 원도심에 거주하거나 일을 하는 사람들에게 제민천은 가장 인상적인 풍경입니다. 관련된 일화나 기억이 있을까요?

저는 언젠가부터 공주 원도심을 ‘제민천 마을’이라고 부르고 있습니다. 행정구역을 넘어 공주 원도심은 제민천으로 연결되어 있습니다. 주민들도, 외부에서 오신 손님들도 원도심의 정체성을 제민천과 연관지어 생각하고 있는 것 같습니다. 더 많은 분이 공주 원도심, 제민천의 매력을 발견하고 주민들과 함께 공유하는 기억이 많아지기를 기대해 봅니다.

저희가 운영하는 마을 호텔과 마을스테이를 제 고향에 가서는 이렇게 못할 것 같아요. 공주는 외부에서 온 사람들만이 할 수 있는 영역을 제공하는 도시라고 생각합니다. 공주 토박이들이 터치 안 하고 방치하기만 하면 됩니다. 즉 몇 년을 유예하면서 외지 유입 청년들의 활동을 지켜보고 그다음에 응원하면 됩니다.

♧ 지금까지의 일에 대한 회고와 앞으로의 계획이 궁금합니다.

아직 어린 나이라고 생각합니다. 지난 일을 회고한다고 하니 좀 이른 듯합니다만 지금 하고 있는 일들을 돌이켜보면 전공이었던 고고학을 통해서 과거의 흔적을 근거로 여러 가지 상상을 할 수 있는 힘을 얻었다고 생각합니다. 대기업에서의 직장생활을 통해서는 체계적으로 일하고 다양한 파트너들과 협업하는 방법을 배웠습니다. 관광공사에서의 경험은 현장에서 점과 점을 연결하여 선으로 된 코스를 만

들고, 거기에 맞는 관광객을 연결하여 최고의 경험을 누릴 수 있도록 만드는 방법을 배우는 과정이었습니다. 지금 공주에서 하고 있는 일들 모두가 이러한 배경에 힘입어 가능한 것이라고 생각합니다.

앞으로도 계속 공주 원도심을 지키면서 다양한 사람들이 각자 상상하는 것을 시도해 볼 수 있는 마을로 만들고, 그런 움직임과 시도에 응원을 보내며 기쁜 날들을 보내고 싶습니다. 다양한 행사장, 회의실, 팝업 공간을 운영하면서 기존의 식당이나 카페가 지속되고 영업시간도 늘릴 수 있도록 지원하려고 합니다. 최근에는 공주 청년들이 '청년센터'를 통해서 저희 프로젝트에 활발하게 참여하고 있고, 퍼즐랩 직원으로 합류하기도 해서 뿌듯합니다.

♧ 현재 공주 원도심에서 우리가 지켜야 할 것은 무엇이고, 바뀌어야 할 것은 무엇일까요?

공주 원도심은 변화가 느린 것 같지만 소중한 것들이 사라져가는 속도는 매우 빠릅니다. 특히 오랜 기간 원도심을 지켜 오셨던 어르신들이 활력을 잃는 모습을 가까이에서 보는 것은 매우 안타까운 일입니다. 더 늦기 전에 각각의 개인들이 켜켜이 쌓아 온 기억의 층위와 이야기들을 기록하고 남겨두어야 할 것 같습니다.

지금까지 공주의 소중한 모습들은 뜻있는 개인들의 노력에 힘입은 부분들이 크다고 생각합니다. 이제 공공 영역에서 이 같은 움직임과 노력들을 발견하고, 기록하고 저장해두는 일이 필요한 시점이 되지 않았나 싶습니다.

♧ 가장 아끼는 물건과 행복한 때는 언제일까요?

청소년기부터 음악 듣는 것을 좋아했고 늘 저의 취향에 맞는 오디오를 갖고 싶었습니다. 성인이 되어 큰맘 먹고 장만한 스피커가 있는데 정말 아끼는 물건이지만 시간과 공간의 제약을 핑계로 제대로 듣고 있지 못하는 점이 늘 아쉽습니다.

행복한 때는 과거에 있지 않습니다. 공주 원도심에서 보내는 하루하루, 계절의 변화를 몸으로 느끼며 제민천을 산책할 때가 제일 행복합니다.

〈블루프린트북〉

목진태 대표

공주 원도심에서 책방을 운영하며 마을에 새로운 바람을 일으키는 목진태 대표님을 만났습니다. '블루프린트북'은 2019년 11월에 제민천 변에 오픈한 동네책방입니다. 지나가는 이들의 눈길을 사로잡는 독특한 건물 외관과 목 대표님의 취향이 담긴 서가에 문학, 인문, 사회, 예술서들을 큐레이션 해놓았습니다. 가끔 작가들을 모시고 북 토크를 진행하기도 합니다.

♧ 어떻게 책방을 오픈하게 되었는지요?

마을호텔은 2019년 8월 26일에 창립되어, 동네 책방인 '블루프린트북'으로 그해 11월 3일 공주 원도심에 첫 선을 보였습니다. 이후 차례로 카페 '프론트', 팝업 빵집 '오초오초', 북 스테이 '수선집'을 런칭했습니다. 저희는 원래 각자의 자리에서 건축과 도시 관련 직종에 종사하고 있었습니다. '건축'이라는 행위는 보통 건축주의 요구에 따라, 즉 클라이언트의 입맛에 맞는 공간을 디자인하는 것을 목표로 합니다. 그 과정에서 저희는 고객의 취향이나 비전보다 더 나은 방향으로 공간을 운영할 수 있겠다는 생각이 들었습니다. 그래서 직접 도시의 맥락과 저희의 취향에 맞는 공간을 기획하기로 의기투합하여 마을호텔을 창립하게 되었습니다.

서울을 포함한 다양한 도시를 알아보고 있었지만 마땅한 장소가 떠오르지 않았습니다. 그러던 중 아주 우연한 계기로 공주 원도심에서 저희가 지금 운영하는 공간의 건축주께서 사업을 제안해주셔서 공주에 내려오게 되었습니다. 도시 엔지니어링 기업을 운영하고 있는 건축주께서는 공주 출신으로 자신의 고향을 활성화시키고자 반원형의 특이한 건물을 기획하셨다고 합니다. 다만 이 공간을 운영할 적절한 주체를 찾지 못해 사무실로만 사용하고 있었던 상황이었습니다.

저는 고향이 대전인지라 공주가 아주 낯선 도시는 아니었습니다. 오랜만에 경험한 공주 원도심은 기억 속의 도시보다 훨씬 아늑하고 따뜻한 느낌이었습니다. 무엇보다 저희가 공주 원도심을 사업지로 고민하고 있던 시기에 저희와 같은 새로운 활동가와 기업들이 무언가를 도모하는 분위기가 느껴졌습니다. 아늑한 도시가 온화한 움직임을 시작하는 느낌이었다고 할까요? 아무튼 공주 원도심으로의 시작을 결정하기까지 그리 오랜 시간이 걸리지 않았습니다.

♧ 지금까지 계속할 수 있는 힘은 무엇일까요?

공주 원도심에 정착하여 일을 시작한 지 4년의 시간이 지났습니다. 공주 원도심에서 오랜 시간 터를 다져오셨던 분들에 비하면 정말 짧은 시간이지만, 창업의 생태계에서는 어려운 시기를 잘 버텨왔다고 생각합니다. 떠올려보면 시기마다 새로운 도전과 기회들이 주어졌던 것 같아요.

우선 책방과 카페를 열었던 초기에는 저희와 함께 원도심에서 새로운 일들을 계획하는 분들을 많이 접할 수 있어 힘과 영감을 많이 받았습니다. 직접적인 도움뿐만 아니라 도시의 분위기에 활기가 돋는 느낌이었습니다. 이후 코로나19 사태가 발발했지만 근교 야외 나들이가 각광을 받으며 오히려 공주 원도심에 많은 분이 방문해주셨기에 어려운 시기를 잘 버틸 수 있었습니다.

더불어 책방과 카페, 빵집을 운영하며 만났던 흥미로운 분들을 통해 새로운 일을 도모할 수 있었습니다. 예를 들어 카페와 빵집에 식재료를 공급하는 지역 농가에서는 토종 작물에 대해 각별한 철학을 지니고 있어 함께 전시를 진행하기도 했고, 여러 활동으로 알게 된 공방 선생님들, 예술가들과 함께 플리마켓을 기획하기도 했습니다. 이렇게 저만 알기엔 재미있는 이야깃거리를 지닌 사람들을 더 많은 사람들에게 소개하는 것도 이 지역에 필요한 일이라 생각했습니다. 또한 정말 좋은 제품과 서비스, 스토리를 지니고 있는 분들이 적절한 디자인과 홍보 방법을 알지 못해 난감해하시는 경우, 약간의 뒷손으로 그것을 상품화하는 과정을 도와드리며 요즘 사람들의 라이프스타일에 맞는 콘텐츠로 가공하고자 시도해 보기도 했습니다.

♧ 방문객을 대하는 법과 삶의 좌우명이 궁금합니다.

마을호텔은 통상적인 호텔과는 규모면에서 비교될 수는 없지만 그에 못지않은 서비스와 안정을 드리고자 노력하고 있습니다. 그런 의미에서 방문객께서 마을호텔 서비스를 가장 먼저 접할 수 있는 카페 프론트의 키워드는 환대입니다. 처음이나 오랜만에 방문한 지역은 당연히 방문객에게 낯설 것입니다. 이때 가벼운 한 마디의 환대만으로도 그 지역을 방문한 사람은 안정적으로 그리고 정서적으로 가깝게 동네에 다다를 수 있을 것입니다. 이곳은 그 존재만으로 방문객을 유혹하는 관광지가 아니기 때문에 비교적 상세한 정보 없이 가볍게 방문한 사람들을 직·간접적으로 환대하는 태도가 필요하다고 생각합니다. 물론 공주 원도심의 많은 대표님들께서 이미 낯선 이들을 환하게 밝혀주고 있습니다. 정서적인 환대와 더불어 저희가 특별하게 신경 쓰

는 부분은 공간적인 환대입니다.

노력은 하고 있지만 많은 방문객을 상대하는 때에 일일이 모든 사람이 만족할 만한 서비스를 제공하는 것은 늘 힘든 일입니다. 다만 저희가 가지고 있는 공간을 최대한 편안하게 머물 수 있는 장소로 조성해 공주 원도심에 어울리는 편안한 휴식의 시간을 선사하고자 합니다. 나중에 일상을 보내다 이곳 카페의 야외 의자에서 친구와 나눈 수다 타임과 조용히 빈 백에 누워 독서에 빠졌던 시간을 떠올리며 미소 지을 수 있기를 바랍니다.

♧ 공주 골목길에 관한 잊지 못한 추억이 있으신지요.

골목을 이용하는 것은 도시의 진면모를 경험할 수 있는 방법이라고 생각합니다. 저는 비록 골목길에 많은 추억을 가진 세대는 아니지만 도시에서 골목이라는 공간이 지닌 매력과 필요성에 대해서는 크게 공감하고 있습니다. 처음 공주 원도심에 왔을 때나 운전을 해서 갔던 때에는 목적지의 정확한 위치만을 보고 주로 큰 대로를 통해 다니며 도시의 큰 맥락을 파악했습니다. 이때 공주 원도심은 제가 주로 다니는 공간이 섬처럼 존재하는 다도해 같은 공간이었습니다.

이후 시간이 흘러 원도심에 익숙해지면서 골목길을 가로질러 다녀보았습니다. 때론 목적지 없이 헤매듯 산책하는 시간도 가져보았어요. 이때 의도치 않게 제가 아는 장소에 다다르거나 마주치면서 그 장소가 도시 내에서 어떤 맥락을 지니고 있고, 다른 장소와 어떻게 연결되어 있는지 비로소 알 수 있었습니다. 또한 뜻밖의 경험을 할 때도 많았습니다. 원도심 주민들이 취미로 집 앞에 내놓은 분재 화분, 조각과 공예품들, 대문과 담장의 디자인까지 심심해 보였던 공주 원도심은 아기자기하고 다양한 취향이 가득한 다채로운 도시였습니다.

그리고 모든 사람의 얼굴이 조금씩 다르듯 공주 원도심 내에서도 구역이 달라지면 골목의 분위기가 달라지는 풍경도 인상 깊었습니다. 원도심을 어떻게 여행하는지 물어오는 손님들께는 항상 골목을 걸으며 길을 잃어보시라 권해드립니다. 너무 덥지도 춥지도 않은 날이라면요.

♧ 제민천과 관련된 대표님의 이야기를 듣고 싶습니다.

공주 원도심에의 정착을 결정하게 된 가장 큰 이유 중 하나는 제민천의 존재이기도 했습니다. 카페와 책방의 건물이 제민천 변에 있어 창을 열면 공간 안에 물이 흐르는 소리가 들려옵니다. 이 소리와 빛과 풍경 속에서라면 어떤 일이 있어도 편안하고 무탈할 것 같은 느낌을 받았습니다.

물론 매일 매시간 편안할 수는 없겠지만 적어도 제민천으로부터 얻을 수 있는 위안이 상당했기 때문입니다. 실제로 마음이 어지럽거나 무거운 업무를 마친 이후에는 카페 앞 천변 나무 벤치에 앉아 잠시 물이 흘러가는 소리에 귀 기울입니다. 이 시간 속에서 제민천을 지나가는 오리나 작은 새들이 귀엽게 방해하기도 하지만 괜찮습니다. 유유자적 흘러가는 물에 몸을 맡긴 모습을 보면 조금 부럽기는 하지만요.

지금의 제민천은 꽤 안정적으로 조성된 공간이기도 합니다. 꽤 많은 공사의 흔적이 있음에도 서울의 청계천과 같은 인공적은 느낌은 적고, 시멘트 블록 사이사이에 심어지거나 자생한 풀과 꽃이 천이라면 으레 있어야 하는 자연적인 인상을 보완하고 있습니다. 그 길이와 규모도 너무 좁거나 짧지 않고,

> 모든 사람의 얼굴이 조금씩 다르듯 공주 원도심 내에서도
> 구역이 달라지면 골목의 분위기가 달라지는 풍경이 인상 깊었습니다.
> 원도심을 어떻게 여행해야 하는지 물어오는 손님들께는
> 항상 골목을 걸으며 길을 잃어보시라 권해드립니다.
> 너무 덥지도 춥지도 않은 날이라면요.

반면에 다른 도시의 천보다는 훨씬 소담해서 부담 없이 산책하기에 좋다는 것은 누구나 인정할 것입니다.

♧ 대표님이 가장 아끼는 물건과 행복한 때는 언제일까요?

물건에 대한 소유욕이 많은 소위 맥시멀리스트인지라 어떤 한 물건을 가장 아낄 수는 없을 것 같습니다. 다만 이 질문을 보았을 때 가장 먼저 떠오르는 단어는 제가 운영하는 책방의 '서가'였습니다.

동네책방을 제대로 즐기는 방법은 당연하게도 그 책방의 지기들이 정성스럽게 구성한 서가를 탐험하는 일일 것입니다. 동네책방의 서가에는 기존의 도서관이나 여느 대형 서점의 서가 구성처럼 소설, 에세이, 비문학, 학습지 식의 종류로는 구분할 수 없는 자유로움이 있습니다. 블루프린트북의 서가의 경우 많은 독자들이 관심을 가지고 있는 키워드인 여성, 사랑, 타자, 사회, 휴식, 여행 등의 주제별 키워드로 서가를 구성했습니다. 하나의 키워드 안에는 시집과 소설과 에세이와 과학 서적들이 마구 섞여 있습니다. 다만 그 순서가 뒤죽박죽인 것은 아닙니다. 예를 들어 사랑의 아픔을 다루는 소설 옆에 에바 일루즈 작가의 〈사랑은 왜 불안한가〉라는 논픽션 책을 넣어 내용적으로 보완을 하거나 긴장을 주는 식의 구성을 추구합니다. 이런 식으로 느슨하면서도 잘 짜인 흐름의 서가를 통해 책방을 방문하는 독자들에게 재미와 어떤 영

감과 발견을 드리고 싶었습니다만, 잘 전달이 되고 있는지는 모르겠습니다.

지금은 서가의 구성이 많이 느슨해진 것 같습니다. 다시 잘 정비해야겠지요. 처음 책방을 열면서 최선을 다해 구성한 서가를 완성했을 때, 책방의 서가들을 훑어보며 행복했던 기억이 가장 먼저 떠오릅니다.

♧ 현재 공주 원도심에서 우리가 지켜야 할 것은 무엇이고, 바뀌어야 할 것은 무엇일까요?

아직까지 공주 원도심에는 아주 오랜 시간 원도심의 문화 그 자체였던 공간들이 남아 있습니다. 예를 들어 근대화 시기부터 공주의 주요 산업 중 하나를 책임졌던 방직·직조공장으로 쓰였던 공간은 원도심 골목을 조금만 살펴보아도 금방 찾아낼 수 있을 정도로 꽤 많이 남아 있습니다. 문제는 그것을 지금 건축법의 기준에 맞게 쓸 방법이 없다는 것입니다.

과거에 정확한 구조적 기준으로 지어지지 않았던 건축물들은 더군다나 세월의 풍파를 맞으며 지금 사용하기에는 꽤 위험한 공간이기도 합니다. 쉽게 말해 조금만 관리가 부실해도 무너질 가능성이 높은 공간이라는 것입니다. 그렇기에 공간을 활용하고 싶다면 역설적으로 공간을 허물고 새로운 건물을 지어야 하는 상황에 처한 곳이 많습니다. 여건이 되어 그런 식으로 진행된다면, 아마 공주 원도심은 자체적인 문화를 상징하는 공간들을 많이 잃게 되고 전혀 다른 도시로 변모할 수도 있겠습니다.

공주 원도심의 문화를 상징하는 양조장, 호서극장과 같은 공간들도 지금은 사용할 수 없다고 합니다. 그렇다면 그 공간을 허무는 것이 답이 될 수 있을까요? 다행히 호서극장의 경우 전면 철거가 아닌 구조적으로 부실한 후면의 본 공간을 해체한다고 합니다. 이럴 경우 우리가 떠올리는 호서극장의 모습은 어느 정도 유지하면서 안전하고 새롭게 공간을 재구성할 수 있겠습니다. 이렇게 공주 원도심의 문화적 정체성을 유지하면서 사용할 수 있는 방법을 지속적으로 검토해야 하겠습니다.

♧ 마지막으로 공주 원도심만의 경쟁력이 무엇이라고 생각하며, 앞으로의 계획을 듣고 싶습니다.

제가 생각하는 원도심의 강점은 일상적인 생활에서 그 가치를 발견할 수 있습니다. 서로 다른 매력을 보여주는 작은 공간들이 문을 열고 있는 것들이 바로 우리 동네의 힘이라고 여깁니다. 그 공간의 주인이 키우는 작은 화분을 통해서도 공주의 가치를 발견할 수 있을 것이라 믿습니다. 책도 마찬가지고요. 비록 동네 책방에서 만나는 한 권의 책일지라도 그 안에는 젊은이들의 삶의 방향에 가 닿는 커다란 우주가 들어 있다고 생각합니다.

앞으로 저는 공주시청에서 원도심에 있는 유휴공간의 문을 열려고 할 때 단기적으로 팝업 스토어를 운영해보고 싶습니다. 곧 호서극장이 리뉴얼 되면 그곳에서 시민들과 젊은이들에게 새로운 문화를 제안해보고도 싶습니다. 현재 운영을 하고 있지 않은 예전 '오초오초' 빵집이 있던 자리에 캐주얼한 맥줏집을 팝업으로 운영해보려는 생각도 하고 있습니다.

〈연춘당한의원〉 문형권 원장

61년째 공주문화원 앞에서 한결같이 환자를 돌보고 있는 우리 동네 한의사 문형권 원장님. 연춘당한의원은 공주문화원 바로 앞에 있습니다. 문을 열고 들어서면 벽면 가득한 한약장이 보입니다. 촬영과 대면 인터뷰를 편하게 하려고 한의원이 쉬는 날인 금요일 아침에 찾아뵈었습니다. 셔터가 내려진 한의원 옆의 또 다른 출입구로 안내하시는 원장님을 따라 들어가니 사택이었습니다. 사모님께서 손수 만드신 곶감 말이와 깨강정과 함께 마신 차가 더욱 향기로웠습니다. 원장님은 편안하게 한의원 곳곳을 보여주셨지요. 건물을 지은 지 30년이 되었고 밖에서 보는 것과 달리 넓은 마당이 있었습니다. 아버님 때부터 쓰셨던 100년이 넘은 한약장 앞에서 포즈를 취해주신 원장님, 이런 원장님이 우리 마을에 계시는 것만으로도 뿌듯했습니다.

♧ 원장님, 연춘당한의원 오픈에 관해 들려주시지요.

네, 저희 아버님 이야기를 먼저 해야겠네요. 30년 전(1993년)에 작고하신 선친께서는 논산에서 19년 동안 한의원을 운영하시다가 1962년에 공주로 오셨습니다. 아버님과 제가 이 자리에서 61년째 한의원을 열고 있습니다. 제가 1982년에 한의대를 졸업했어요. 그 후 아버님께서 운영하시던 한의원에서 임상 경험 및 후계자로 교육을 받기 시작했습니다.

아버님을 생각하면 '금성시회'가 떠오릅니다. 문학을 좋아하는 회원들과 함께 조직한 모임에 자주 나가 한시를 짓고 서로 발표를 하셨지요. 한의원이 쉬는 날이면 아버님은 늘 글을 쓰시고 공부를 하셨습니다. 1980년 아버님의 회갑연에 자손들이 『연강 수연시집』을 출간해 드렸어요.

아버님은 돈만 벌지 않으셨어요. 평생 나눔을 실천하시며 어려운 이웃을 도왔고, 인재 육성에 힘쓰셨으며 문화예술을 후원하셨습니다. 1989년 공주지구 라이온스 클럽에서 장학재단 설립 당시 1억 원을 희사하셔서 아버님의 호를 따서 '연강장학재단'을 권유했으나 단호히 거부하셨다고 합니다.

대통령 표창, 장관과 도지사로부터 각종 표창장, 공로상, 감사장 100여 회 등 수많은 상을 받으셨어요. 1994년에 공주사람들이 뜻을 모아 아버님의 봉사정신을 기리기 위해 신관동에 '연강 문중대 선생 송덕비'를 세워 주셨습니다. 감사한 일이지요. 1993년 별세하여 의당면 월곡리 선영에 묻히셨습니다.

♧ 몇십 년 동안 계속할 수 있는 힘은 무엇인지요?

나름대로 성실하게 진료에 임했고 환자분들께서 신뢰로써 대해 주신 것이 큰 힘이었던 것 같습니다. 최근 들어 한의원이 쇠퇴하고 있어 안타깝지만 아들이 대를 이어 한의학을 전공한 후 다른 도시에서 한의원을 개원하고 있습니다. 3대에 걸쳐 이어오고 있다는 자부심도 한몫을 했습니다.

♧ 원장님의 삶의 좌우명과 방문객을 대하는 마음이 궁금합니다.

제 좌우명은 성심과 신뢰입니다. 한의원을 찾아주시는 환자분들께서 저를 믿고 편안한 마음으로 진료에 임할 수 있도록 노력했습니다. 아버님 때부

터 멀리서 찾아오시는 분들의 편리를 위해서 평일에 쉬고, 휴일인 일요일에도 문을 여는 한의원으로 다가갔지요.

♧ 공주 원도심에서 보낸 어린 시절 이야기를 들려주시지요.

초등학교를 공주에서 보내지 않아 어릴 때의 추억은 많지 않으나 여름방학 때 금강에서 수영하며 놀던 일, 산성공원에서 식물채집 숙제(지금은 금지되었지만 당시엔 방학 과제로 식물채집이 꼭 있었음)를 했던 기억이 납니다. 지금은 없어진 공산성 안의 성안 마을까지 걸어가면서 채집한 식물들을 집에 가지고 왔지요. 신문지 사이에 식물들을 끼우고 두꺼운 것으로 눌러 말린 후 스케치북에 붙여서 개학식 날에 가져갔습니다. 중간에 신문지를 몇 번을 갈아주면서 잘 마르고 있는지 들여다보곤 했습니다.

♧ 공주 원도심에서 잊지 못할 추억이 있으신지요.

골목길에서 큰 개한테 물릴 뻔했던 기억이 납니다. 얼마나 무서웠는지요. 그런데 현재는 마당이 있는 단독주택에 살면서 반려견을 키우고 있습니다. 오늘 두 분이 오신 걸 제일 먼저 알고 반겨주었지요.

옛 호서극장과 공주극장에서 로마의 휴일, 나바론, 벤허 등 많은 영화를 보았습니다. 젊은 시절의 오드리 햅번은 너무 아름다웠습니다. 어떤 영화를 볼 땐 자막에서 비가 내리는 현상이 많았던 기억도 납니다. 여름엔 제민천에서 빨래하는 어머니들 옆에서 수영하는 아이들 모습, 겨울엔 미나리꽝(현 공산성)에 물을 채워 만든 스케이트장에서 스케이트를 타며 신나게 놀았습니다.

공주 원도심은 참 살기 좋은 도시예요.
첫째가 좋은 자연환경이 가까이에 있습니다.
5분만 걸으면 제민천이 바로 곁에 있어요.
물도 깨끗하고 산책로도 잘 해놓아서 매일 산책을 합니다.
천변에 구절초꽃이 피어나면 더 보기 좋아요.

발이 몹시 시렸던 기억이 새롭습니다. 지금도 매일같이 제민천을 산책합니다. 제민천이 원도심의 보물이에요.

♧ 예전에 있었는데 지금은 사라져 아쉬운 것들은요?

박물관 사거리에서 우체국 사이에 양옆으로 학생들을 위한 가게들이 성업하여 밤에도 많은 중·고등학생들이 다니던 기억이 나는데 지금은 밤이 되면 썰렁한 모습입니다. 얼마 전엔 공주문화원 앞에 있는 오래된 은행나무가 도시재생사업으로 제민천 역사문화광장을 만들면서 없어져 무척 아쉽습니다. 그 나무는 그대로 두고 광장을 만들었으면 더 좋았을 텐데요.

♧ 평생을 바친 일에 대한 회고 및 앞으로의 계획에 대한 말씀도 부탁드립니다.

의료인으로서 환자분들께 만족스러운 진료를 하지 못한 점이 많은 것 같아 아쉽고 송구스럽습니다. 언제까지일지는 모르지만 차후에도 좀 더 만족을 드릴 수 있는 한의원이 되도록 노력하겠습니다.

최근에는 한의원도 많은 변화를 겪고 있습니다. 그전에는 병원과 건강보조식품이 많지 않아서 한의원을 찾는 손님이 많았습니다. 주로 보약을 짓고 침을 맞았지요. 요즘엔 양방에서 쓰는 의료기기도 많이 흡수해서 사용하고 있고 비만과 다이어트 전문 한의원도 많습니다.

♧ 현재 공주 원도심에서 우리가 지켜야 할 것은 무엇이고, 바뀌어야 할 것은 무엇일까요?

원도심에서 제일 문제는 인구의 급격한 감소라 사료됩니다. 현재 진행되고 있는 원도심 보존 정책은 주차 등 생활환경을 개선하면서 원래 모습을 크게 훼손하지 않는 것 같아 크게 긍정적이나 개발 과정에서 거주민이 타 지역으로 이전하지 않는 배려가 필요한 것 같아요. 주민들께서도 내방객들에게 더욱 친절히 대하여 공주를 다시 찾는 마음이 생기도록 하고 타 도시에서 이주해 오신 분들께서 빨리 적응할 수 있도록 적극적으로 도와 인구 유입의 마중물이 될 수 있는 노력이 필요할 것 같습니다. 참고로 최근 몇 년 동안 서울에서 공주로 이사 오신 분들의 만족도가 꽤 높은 것으로 알고 있습니다.

♧ 가장 아끼는 물건과 행복했던 때는 언제이신지요.

제가 가장 아끼는 물건은 아버님께서 물려주신 옛날 한의학 서적입니다. 특히 손수 붓으로 쓰셔서 만드신 서적은 대할 적마다 아버님을 뵙는 것 같아 더욱 귀하게 느껴집니다. 아버님 때부터 써 온 100년이 넘은 한약장도 지금까지 아끼며 사용하고 있습니다.

한의원을 하면서 행복했던 때는 치료가 어려웠던 분들이 완치 후 찾아와서 고마움을 표하실 때가 의료인으로서 행복했습니다.

개인적으론 1남 2녀의 자식들이 다 결혼하여 각자의 가정을 이루고 나름대로 뜻있는 생활을 하며 손자 손녀를

안겨 줄 때 기뻤습니다. 제게는 다섯 명의 손자 손녀가 있어요. 오늘 금요일이 한의원이 쉬는 날이에요. 외손녀가 서울에서 할아버지를 보러 KTX를 타고 온다고 해서 인터뷰 시간이 많지 않네요. 얼른 마치고 공주역으로 손녀딸 마중을 나가려고 해요.

♧ 마지막으로 공주 원도심에 대해 한 말씀 부탁드립니다.

공주 원도심은 참 살기 좋은 도시예요. 첫째가 좋은 자연환경이 가까이에 있습니다. 5분만 걸으면 제민천이 바로 곁에 있지요. 물도 깨끗하고 산책로도 잘 해놓아서 저도 매일 산책을 합니다. 천변에 구절초꽃이 피어나면 더 보기 좋아요. 하지만 큰 사거리에는 빈 가게들이 많은 걸 보면 안타까운 마음이 들지요. 어서 좋은 주인을 만났으면 좋겠습니다. 젊은이들이 와서 일할 수 있는 도시가 되어야 할 텐데요.

〈채운안경〉 박기영 충남도의원

공주 원도심 중동 사거리에 가면 갤러리처럼 감각적인 3층 건물이 눈에 들어옵니다. 입구에는 늘 기다란 플라워 박스 안에 꽃들이 피어 있는 곳, 이 건물 1층이 박기영 충남도의원님께서 아내와 며느리분과 함께 안경점을 운영하고 있는 곳입니다.
원도심과 함께 살아오시며 안경점을 운영한 지 올해로 37년째입니다. 그동안 늘 처음과 같이 정성을 다하며 방문하는 손님들의 필요와 취향에 부합하는 안경을 맞춰주며 살아오셨습니다. 안경을 맞추는 일은 단순히 기술적인 부분만을 넘어 사람과 사람을 연결하는 일이라고 생각합니다.
지역사회에 각별한 애정을 가지며 활발한 의정활동을 하고 계시는 의원님을 찾아 뵈었습니다.

♧ 안경점을 언제 처음 여셨나요?

1986년 11월에 처음 문을 열었습니다. 햇수로 37년이나 되었네요. 당시에는 먹고살기 위한 직업으로 선택한 일인데 현재는 보람으로 자리를 지키고 있습니다. 안경점을 오픈한 초창기에는 가게 운영에 대한 막막함에서 벗어날 수 있기를 꿈꾸며 수입의 절반 이상을 홍보 활동에 썼습니다. 고객관리를 위해서 컴퓨터를 제일 먼저 들여놓았습니다. 최첨단 안경과 제조기기를 들여놓고, 쉬는 날이면 가족들과 함께 충남에서 가장 잘되는 안경점을 벤치마킹하려고 찾아갔습니다. 주인을 뵙고 가지고 간 음료수를 드리며 1시간 이상 머물다 오곤 했습니다.

♧ 어떤 일이든 30년 넘게, 40년 가까이 한다는 것이 쉽지는 않을 듯합니다. 꾸준함의 원동력은 무엇일까요?

정말 원론적인 답변일 수 있지만, 고객들의 격려와 사랑 덕분입니다. 그동안 안경점을 운영하며 제 관리 프로그램에 등록된 인원수만 8만 명이네요. 그분들에게 받은 관심과 감사가 늘 고맙고 감사할 따름입니다.

♧ 손님들을 대하는 태도 등에 있어 특별한 점이 있을까요? 삶의 좌우명도 궁금합니다.

항상 직원들을 교육할 때 '고객이 매장을 나설 때 웃으면서 나갈 수 있도록, 그리고 다음에 방문했을 때 본인을 찾으시도록 해달라'고 교육합니다. 일종의 부탁이기도 합니다. 인생의 좌우명은 '진인사 대천명'입니다.

저는 지금까지 공주시의회 의원과 충남도의회 의원으로 출마하면서 선거를 여섯 번 치렀습니다. 그때마다 아버님께서 손수 붓글씨로 '진인사 대천명'이란 글자를 써서 선물로 주셨지요. 전 그 말씀을 선거사무소에 걸어두고 매일같이 바라보며 묵묵히 최선의 노력을 기울였고 좋은 결과도 얻었습니다. 이 안경점을 지금까지 할 수 있었던 힘도 바로 제 삶의 좌우명 덕분입니다.

♧ 공주에서 지금까지 살아오시면서 원도심의 골목길과 관련된 많은 추억과 이야기가 있었을 것 같은데요. 간단한 일화도 좋습니다.

공주고등학교 시절이 떠오릅니다. 그때 저는 학교 앞에서 하숙을 했습니다. 하숙집을 옮길 때면 3~4명의 친구들

이 좁은 골목길을 지나서 하숙집까지 제 짐을 들어다 주었습니다. 친구들은 입방식을 해야 한다고 술과 과자를 사 오는 호기를 부리기도 했지요.

제가 공주골목길이 좋다고 느낀 것은 25년 전부터입니다. 골목길을 산책하면서 그 정취에 빠졌고 공주의 자산이라고 생각하며 기록으로 남기고 싶었습니다. 사진을 찍어 sns에 올려 공유하고 저장해 두고 있습니다. 언젠가 이 사진들이 필요할 때가 오리라 생각해요.

몇 년 전에는 '공주골목길재생협의회' 회원들과 함께 산성찬호길을 산책할 때 어설프지만 골목 지도를 직접 그려주었습니다. 그때 회원들이 좋아했던 기억이 납니다. 2023년에 『공주골목길 발자국 찾기』라는 책을 출간하면서 그 지도를 넣어주셨더라고요.

♧ 원도심에는 본래 호서극장, 공주극장 두 곳의 큰 극장이 있었던 걸로 압니다. 지금은 빈 건물인 그곳에서 실제로 영화나 연극을 관람한 적도 있으

“

이 동네에서 약 40년 동안 생업을 일구고
그 덕택으로 가정을 꾸려왔기에 후회는 없습니다.
더구나 여러 인연으로 지역사회에 조금이나마 보탬이 되려는 삶으로
연결되었던 것 같아 더욱 감사합니다.

”

시겠군요?

사실 딱히 그런 기억이 있진 않아요. 공주고등학교 1학년 때 공주극장 바로 앞집에서 하숙을 했습니다. 하지만 그때만 해도 각급 학교 선생님들의 합동 단속이 하도 심해서 몰래 극장에 간다는 생각은 아예 못했습니다. 뒷문 출입도 무서워서 못했어요.

한번은 고3 때 교복을 입고 막걸리를 마시고 취한 친구가 극장 앞에서 노래를 불렀는데 들킬까 봐 쫄밋쫄밋 하고 겁이 났습니다. 그 후로 몇 차례 극장을 가 보긴 했는데 특별한 기억은 없어 아쉽습니다.

♧ 원도심 중앙을 가로지르는 제민천은 그 곁에 살고 있는 주민들에겐 중요한 존재입니다. 예전에도, 앞으로도 그럴 겠지요. 제민천과 관련된 의원님의 추억을 들을 수 있을까요?

역시 고등학교 때 기억인데 오거리에서 지금의 공주시청까지 공주 고담길이 있었어요. 자주 다니던 길인데 당시는 리어카 한 대 간신히 통과할 정도였습니다. 시간이 많이 지나 제가 의원이 되고 나서 마침 제민천 정비사업을 할 때 그 길도 포함이 되었는데, 정비사업을 마무리 할 때 그곳에 나무를 심자고 의회에서 수년간 집행부를 꾸준히 설득했습니다. 그래서 이팝나무와 버드나무를 많이 심게 되었고요. 수년 전 여름 긴 가뭄에 나무들이 고사 직전일 때 새벽에 삽과 양동이를 가지고 나가 나무 밑동 주변을 파고 물을 퍼올렸던 기억

이 저에겐 크게 남아 있네요.

♧ 예전에 있다가 사라져 버린 공간들 중 아쉬운 곳이 있다면 어딜까요?

붉은 벽돌의 영명학교 건물들과 청년센터 자리에 있었던 제일은행 건물은 기억에 또렷합니다. 멋진 건물들이 사라져서 아쉽습니다. 최근에는 공주목관아터 복원 공사가 한창인 구 공주의료원 건물과 공주세무서 자리에 있었던 법원, 검찰청 건물이 헐린 것, 예전 하숙집과 자취집을 연결해 주던 올망졸망한 골목길들이 도로 정비를 하면서 사라져가는 것이 안타깝네요.

♧ 특별히 아끼는 물건과 행복을 느낄 때가 있다면 언제일까요?

작고하신 아버님께서 써주신 천자문 8폭 병풍이 가장 아끼는 물건입니다. 두 아들과 며느리들 그리고 세 명의 손자, 손녀들과 함께 살고 있는 지금의 하루하루의 날들이 가장 행복한 것 같습니다.

♧ 평생을 바친 일에 대한 회고와 앞으로의 계획을 듣고 싶습니다.

이 동네에서 40년 동안 생업을 일구고 그 덕택으로 가정을 꾸려왔기에 후회는 없습니다. 더구나 여러 인연으로 지역사회에 조금이나마 보탬이 되려는 삶으로 연결되었던 것 같아 더욱 감사합니다.

두 아들이 있는데 원래 한 명이 가업을 이어주려 했다가 진로를 바꾸게 되었어요. 그래서 걱정이 참 많았는데 다행히도 며느리가 이 일을 이어가기로 했습니다. 정말 고맙고 행복합니다.

♧ 현재 공주 원도심에서 우리가 지켜야 할 것은 무엇이며, 바뀌어야 할 것은 무엇일까요?

많은 것을 바라진 않고 현재의 모습만 잘 지켜가도 만족합니다. 바뀌어야 할 것이라고까지 표현하진 않겠지만 원도심을 찾는 방문객들과 이주민들에 대한 원도심 주민들의 배려와 이해가 필요하지 않나 하는 생각을 해봅니다.

♧ 끝으로 젊은이들에게 들려주고 싶으신 말씀 한마디 부탁드립니다.

공주 원도심 골목길에서도 100년 가게가 나오면 기쁘겠습니다. 그러려면 2세들이 공주에 남아서 그들의 부모님의 업을 대를 이어 해야겠지요.

최근 몇 년 사이에 외부 청년들이 공주로 정착해서 마을을 변화시키는 것을 보면서 희망을 보기도 합니다. 공주 출신 청년들이 그들과 함께 녹아들고 공감해 주면 좋겠습니다. 로컬에서 그들의 성공 사례가 분명 촉진제가 될 것입니다.

〈공주기적의도서관〉
박찬옥 팀장

세계적인 기업 마이크로소프트의 창업자 빌 게이츠는 "오늘날의 나를 있게 한 것은 내가 태어난 우리 마을의 작은 도서관이었다"라고 말했습니다. 이렇게 사람들의 마음의 안전지대인 도서관에서 31년 동안 책과 함께한 박찬옥 팀장님을 만나러 기적의도서관으로 찾아갔습니다. 방문한 날은 평일이었지만 도서관은 책을 읽으러 온 시민들과 도서관 문화프로그램에 참여하러 온 참가자들의 열기가 느껴졌습니다. 팀장님은 도서관 곳곳을 안내해주시며 45년 동안의 공주에 대한 애정과 추억 이야기를 들려주셨습니다.

♧ 팀장님, 공주 원도심에서 보낸 어린 시절 이야기가 궁금합니다.

공주 토박이인 저는 어릴 적 추억이 원도심에 너무도 많이 남아 있습니다. 사대부고 앞에서 〈박문사〉 문구점을 하던 아버지는 문구를 팔기도 했지만 관청을 상대로 문구 납품도 하셨습니다. 문구가 귀했던 그 시절 학생들은 저희 집을 자주 애용했어요. 70~80년대 문구사는 군인들의 위문품을 납품했는데, 누런 위문품 봉투 안에 여러 가지 생필품을 넣는 작업을 식구들이 다 달려들어 함께 했던 기억이 지금도 생생합니다. 올망졸망한 6남매가 일손을 보탠 것이지요. 군청, 전매청, 교육청 등에 문구를 납품했던 아버지는 제게 심부름을 자주 시켜 어릴 적 자존심에 부모님 원망도 많이 했습니다.

한번은 시장에 〈예산상회〉라는 도매상점에 아버지 심부름을 가다가 유괴를 당할 뻔도 했습니다. 그 작은 꼬마아이가 기지를 발휘해 집으로 무사 귀환했지만 그 후로 부모님은 절대 멀리 가는 심부름을 저한테는 시키지 않으셨지요. 그 사건을 계기로 다른 형제들보다 좀 편했습니다.

반죽동, 봉황동 골목길은 저의 놀이터이기도 한 동시에 엄마의 심부름으로 자주 돌아다닌 곳입니다. 엄마는 옷에 관심이 많아 양장점에서 옷을 맞춰 입으셨어요. 그 옷을 입고 교대부설초 학부모회에도 오셨지요. 엄마가 맞춘 옷을 가지러 제일교회 옆의 신신양장점에도 자주 가고, 아버지 심부름으로 제일교회 앞의 교육청도 자주 다녔습니다.

지금의 하숙마을이 있는 그 동네는 거의 다 하숙을 쳤어요. 부고생, 교대생, 사대생 등 다들 공부 잘하는 학생들이 다니는 학교라 그랬는지, 부모님들이 다 하숙을 시켰습니다. 2층 양옥인 우리집도 예외는 아니어서 엄마와 외할머니가 2층 방에 하숙을 쳐서 생활비에 보태셨지요.

현재 공주시 노인복지관 앞에 있는 〈무궁화 회관〉이라는 식당은 제 어릴 적에는 〈무궁화 목욕탕〉이었습니다. 공주에서 제일 크고 좋은 목욕탕이었지요. 주인아저씨가 돈이 많았다고 해요. 공주라이온스클럽 회장도 하셨습니다. 목욕탕이 몇 개 없던 시절 일주일에 한 번 원없이 목욕을 할 수 있었던 무궁화 목욕탕, 지금은 가가책방이 들어선 그 골목길에 노씨네 가게는 하숙

을 치던 아줌마들이 자주 애용했던 동네슈퍼였고요.

골목길로 제민천을 따라가면 오거리에 시장이 섭니다. 산성시장과 같이 오거리시장도 꽤 큰 시장이라서 장날이면 엄마 따라 자주 다닌 곳이지요. 6남매를 키워야 했기에 쪼이는 생활을 할 수밖에 없었던 엄마는 시장에서 무엇을 사든지 "덤 좀 줘유", "더 담아 줘유"가 입에 붙어 있었습니다. 그런 말을 자꾸 하는 엄마가 창피해서 빨리 집으로 가자고 손을 잡아끌었던 기억도 납니다.

예전의 경찰서 가는 골목길 옆에 있던 바나나 빵집은 제 단골 빵집이었습니다. 학교에서 돌아오면 "아버지, 바나나빵" 하며 돈을 받아 간식을 사러 갔던 곳이에요. 그 옛날에는 귀한 간식거리였습니다. 풀빵이나 호떡이 주 간식이었던 그 시절 바나나 모양의 노란 빵에 설탕을 섞어 누런 봉투에 담아주던

“

오늘의 저를
만들어준 것은
우리집 박문사와
공주 원도심이었습니다.

”

그 작은 가게도 또렷이 생각납니다.

지금도 언니들과 예전 어릴 적 이야기를 가끔 하곤 해요. 70~80년대 빨간 글씨로 ‘반공’이라고 쓰인 사대부고 담벼락도 생각나고, 부고 강당에서 숨바꼭질했던 기억, 부고 운동장에서 자전거 배웠던 추억들이 되살아납니다. 사대부고는 제 어릴 적 놀이터였습니다. 사대부고 강당 옆길로 봉황산으로 올라가면 어른들은 나병환자 동굴이 있다 해서 못 가게 하기도 했습니다.

작은언니가 스케이트를 타러 친구들과 미나리꽝에 가려고 나서면 언니는 저를 안 데리고 가려 하고, 저는 죽어라 쫓아가려 했었지요. 스케이트를 언니들만 사준 엄마를 원망하면서요.

교대부설초등학교를 생각하면 바이올린을 빼놓을 수 없습니다. 교대부설초등학교 기악부 단원이었던 작은언니는 아버지의 열렬한 교육열 덕분에 서울로 유학을 시켜서 바이올린을 전공했지만, 그 당시 우리집 형편에 저까지 음악전공을 하기는 어려웠습니다. 언니는 리틀 엔젤스 단원이 되었습니다. 그래도 초등학교부터 중학교 1학년까지 토요일마다 학교에서 배운 바이올린 덕분에 지금도 클래식 음악을 좋아하고 취미로 즐기고 있으니 바이올린을 빼놓고는 저의 어린 시절은 생각할 수 없습니다.

학교 잔디밭의 토끼장, 놀이터의 배그네, 운동장의 미루나무와 동굴 탐험, 일락산의 아지트에서 산딸기 따먹던 추억도 아련합니다. 바이올린 연습을 마치고 집에 갈 때면 제민천의 돌다리를 건너다 빠지고 장난스러운 친구들은 그 속에서 개헤엄도 치며 놀았던 그 시절, 생각해보면 너무나 추억이 많았던 제 어린 시절이었습니다.

과거의 원도심과 비교해 보면 지금의 원도심은 때를 벗기고 갓 목욕탕에서 나온 아이와 같다는 생각을 해요. 때에 절어 있어 제대로 볼 수 없었던 고운 살결이 말끔하게 단장하고 나서니 빛나고 보드라운 살결로 보이는 것과 같으니 말입니다. 앞으로 원도심이 더욱 예쁘게 변해서 유럽의 유명한 소도시 못지않은 멋진 도시로 탈바꿈하지 않을까 생각해요. 제 고향 공주가 나날이 발전하길 바라고 또 바랍니다.

♧ 공주 골목길에 관한 잊지 못할 추억이 많으실 텐데요.

제가 살았던 반죽동 일대는 유난히 골목길이 많았습니다. 그 시절은 골목길에 집들이 많았고 사대부고 앞쪽에 예전 경찰서로 가는 샛길이 있었지요. 그 골목길에 외할머니가 사셨는데 엄마는 무남독녀 외동딸이라 외할아버지와 외할머니는 조치원에서 딸과 가까운 집으로 이사를 오셨습니다. 6남매를 키우는데 큰 보탬이 되어주신 외할머니와 외할아버지는 우리 형제들에게 없어선 안 될 그런 분들이었습니다.

저는 학교 갔다 돌아오면 바로 그 골목길에 있는 할머니네로 향합니다. 할머니는 유난히 형제들 중 저를 예뻐하셨고 까탈스럽고 예민했던 저는 무조건 제 편이 되어주신 할머니를 좋아했습니다. 딸기 꼭지를 따서 설탕에 재워 놓고 기다리신 할머니, 할아버지의 귀염둥이 손녀였던 저는 할머니 댁이 있었던 그 골목길을 잊지 못합니다. 밤에는 살짝 무서웠던 그 골목이 할머니가 돌아가시고 가보니 얼마나 작은 골목이었던지요. 새삼 외할머니가 생각나 울컥했던 적이 있었습니다.

또 하나의 골목길은 의료원 옆 예전 방직공장이 있었던 골목입니다. 그곳은 영명고등학교로 올라가는 샛길인데 그 길로 가면 바로 앵산공원이 나옵니다. 그 골목길도 후미지긴 했지만 지금과 달리 그때는 그다지 무서운 줄도 모르고 친구들과 같이 가서 놀았던 기억이 납니다.

초등학교 2학년 때 호서극장 건너편에 있는 양조장으로 노란 주전자를 들고 막걸리를 받으러 갔던 기억도 납니

다. 그 술을 홀짝홀짝 마시며 가다 취하기도 했습니다. 제게 골목길은 바로 어린 시절 그 자체입니다. 골목길을 빼놓고 제 어린 시절은 없으니 말이에요. 반죽동 하숙집 골목길, 봉황동 큰샘골, 중학동 의료원 옆 골목길, 우체국 골목길, 제일교회 골목길, 풍덕원 골목길 등등…. 이 길이 잊지 못할 추억이 서린 저의 골목길입니다.

♧ 옛 호서극장, 공주극장에서 본 영화 중에 기억나는 영화가 있는지요?

호서극장은 공주에서 가장 큰 극장이었습니다. 그렇지만 지금 루치아의 뜰이 있는 극장 뒷골목은 무서워서 아예 근처에도 못 갔습니다. 학교에서의 단체관람은 거의 다 호서극장에서 한 것 같아요. 북중학교 2학년 때인가 찰톤 헤스톤이 주인공인 〈벤허〉를 보고 큰 감명을 받은 기억이 납니다. 3시간의 긴 영화인데도 불구하고 전차경기를 하는 찰톤 헤스톤이 너무 멋졌고, 가톨릭 신자인 저는 그 영화를 통해 신앙심을 키운 것 같기도 해요.

에피소드 하나를 소개하자면 큰언니의 이야기입니다. 언니는 공주여고 목련반이었는데(그 당시 장학생반) 기숙사에서 몰래 나와 임혜진 주인공의 〈진짜 진짜 좋아해〉를 보고 나오는 중 선생님한테 들켜서 부모님 소환을 받게 되었습니다. 그런데 부모님 대신 외할아버지께서 가셔서 선생님이 그냥 무마해 주었다고 들었습니다. 당시 몰래 영화를 보면 학교에서 큰일 나는 때였으니 언니가 외할아버지 덕을 크게 본 거 같아요.

대학생 때는 동시상영이 유행이어서 3시간 동안 내리 영화를 봤던 기억이 납니다. 김홍정 작가의 소설 〈호서극장〉에서도 언급했듯이 호서극장은 그 때 당시 학생들에게 최고의 여가문화 공간이었습니다. 학교 때 그렇게 크게 느껴졌던 영화관이 지금 보면 얼마나 작은지요. 곧 공주시에서 호서극장을 다시 새로운 문화콘텐츠 공간으로 되살린다고 하니 예전처럼 공주의 랜드마크가 되길 바랍니다.

♧ 제민천 이야기도 들려주시지요.

교대부속초등학교에서 집까지 가는 길은 두 가지 코스였습니다. 한 가지는 대로변을 따라 교대를 지나 봉황초를 거쳐서 가는 길, 또 하나는 제민천 돌다리를 건너다니면서 중동 오뎅집까지 와서 대통다리를 지나오는 방법입니다. 집으로 오는 길에 제민천은 뗄래야 뗄 수 없는 저희들만의 놀이터였습니다. 남자 아이들은 개헤엄도 치고, 물장구도 칠 만큼 물이 맑고 깊었어요. 한편으로 제민천은 동네 아줌마들의 빨래터이기도 하고 수다도 떠는 소통공간이었습니다.

오랜 동안 누구도 거들떠보지 않았던 그 제민천이 공주시 도시재생사업과 시민들의 관심으로 지금은 훌륭한 천으로, 문화공간으로, 산책로로 예쁘게 탈바꿈되어 너무 기쁩니다.

♧ 예전에 있었는데 지금은 사라져 아쉬운 것들은 무엇일까요?

지금은 사라져 제일 아쉬운 것은 바로 어린 시절의 저희집 〈박문사〉입니다. 문구점이 흔하지 않았던 그 시절 사대부고 앞에는 〈박문사〉와 〈공문사〉 두 개의 문구점이 있었습니다. 〈박문사〉는 문구뿐만 아니라 군청이나 교육청 등 관청에 사무용품을 납품했어요. 자연히 공문사와는

라이벌이 되어 어릴 때 저도 모르게 〈공문사〉에는 악감정을 가졌던 것 같습니다. 공주사람 치고 박문사를 모르는 사람이 없을 정도여서 너무 알려지는 게 싫은 마음에 공주를 떠나고 싶은 적도 많았습니다.

어느 날, 그 집을 팔고 신관동으로 이사를 하게 되자 아버지가 우셨다는 말을 동생한테 들었습니다. 그때 자식 같던 집을 파신 아버지의 마음을 헤아려보게 되었지요. 아버지가 직접 2층 양옥집을 박 목수 아저씨와 하나하나 벽돌을 쌓아 지으셨기에 얼마나 애정이 깊었을까 생각하면 가슴이 찡해집니다. 그 집에서 우리 형제들도 성장했고, 우리 자매들의 아이도 바로 그 집에서 컸으니 그 집의 역사와 추억은 고스란히 우리들의 역사 그 이상입니다.

또 하나 아쉬운 것은 지금의 청년센터 자리에 있던 일본식 석조건물로 지어진 제일은행 건물입니다. 어릴 적 은행은 그거 하나인 줄 알았던 때가 있었어요. 고스란히 그 건물을 유지하고 있었다면 다시 한 번 공주의 옛 역사를 되새겨 볼 기회가 되었을 텐데 아쉬운 생각이 듭니다.

♧ 공주시청 공무원으로서 31년 동안 일을 할 수 있게 한 힘은 무엇인지요.

1991년 12월에 웅진도서관에서 첫 업무를 시작했습니다. 정신없이 31년이란 시간이 흘러갔네요. 그동안 늘 제 자리에서 맡은 일을 성실히 해야겠다는 마음이었고 이왕이면 더 멋진 도서관을 만들고 싶은 욕심이 있었습니다. 지금까지 시립도서관 3곳을 개관했어요. 2006년 강북도서관, 2020년 5월 기적의도서관까지요. 그때마다 도서관 독서회원들과 시민들이 아껴주시고 응원해주셔서 여기까지 왔습니다.

〈이미정갤러리〉
이미정 관장

공주 감영길에서 2016년 3월부터 자신의 이름을 내건 갤러리를 오픈하고 그림으로 행복한 오늘을 제안하고 있는 이미정 관장님을 만나러 갤러리로 찾아갔습니다. 마침 새로운 전시가 열리고 있어서 멋진 작품을 감상하면서 관장님의 작품에 대한 설명도 들을 수가 있었지요.

충남 논산이 고향이신 관장님은 6살 때부터 공주에서 살고 있으며 40대 초반부터 전업 화가의 길을 걸었다고 합니다. 2016년 3월에 옛 충청감영이 있던 길에 '이미정갤러리'를 개관하면서 공주 감영길이 문화 예술의 중심 거리로 활성화되기 시작했습니다.

"

제 모교인 공주사대부고 앞 노란 은행나무가
베어 없어진 것도 마음이 아픕니다.
비를 맞고 서 있으면 마치 벨벳같이 느껴졌던 나무였어요.
현재 공주목 관아터 공사가 한창인 공주의료원 자리도 허물지 않고
리모델링을 해서 활용했으면 좋았을 텐데 하는 마음입니다.

"

♧ '이미정갤러리'는 언제 문을 열었으며 계기가 있었는지요?

네, 2016년 3월 봄에 개관했습니다. 현재 7년째네요. 예술 전공자가 많이 살고 있는 공주에 필요한 공간이라 생각해서 갤러리 개관을 결심했어요. 미대 졸업 후 이 거리에서 30여 년간 미술학원을 운영했어요. 20대 초반의 소녀가 이제 60대 초반의 중년이 된 거죠. 그만큼 이 거리에 대한 애착이 강했습니다.

무엇보다 미술학원을 그만두면서 전업 주부로 또 전업 작가로 살 자신이 없었어요. 화가로서 여러 전시에 참여하면서 갤러리에 대한 무한한 동경심도 갖고 있었지요. 제 공간을 작업실의 연장으로 생각했습니다. 2년 정도 운영해 보고 힘들고 어려우면 그만둘 작정이었지요. 그때 당시에 감영길은 10명에 9명은 갤러리 개관을 반대할 정도로 쇠퇴한 동네였어요. 상가 공실률이 높았고 공동화 현상을 우려하는 상황이었습니다. 갤러리를 운영하면서 예술작품과 일반 대중의 거리를 좁히기 위해 노력하고 있습니다.

♧ 지금까지 운영할 수 있는 힘은 무엇일까요.

공주에서 더 좋은 작품 제작을 위해 끊임없이 노력하는 예술가들이 늘어나고 있고, 품격 있는 감상자들의 증가는 갤러리를 유지하는 힘이 되고 있습니다.

또한 공주문화재단 후원으로 공주

의 미술시장을 형성하는 '공주 그림상점로'가 구축되었습니다. 이미정갤러리와 대통길 작은 미술관을 중심으로 5월에서 10월까지 프로젝트가 진행되었는데 상당히 많은 작품이 판매됐습니다. 90점에서 100점 사이 팔린 것으로 알고 있어요.

♧ 갤러리를 찾은 방문객을 어떻게 대하시는지요?

예술가와 예술작품을 이해하게 하려고 진심을 다해 작품 해설을 해드립니다. 그러면 관람객들이 작품에 더욱 공감하게 되지요. 공주는 지금 감영길을 중심으로 예술인들이 모여들고, 그림시장이 형성되면서 새로운 전성시대를 맞이하고 있습니다. 감영길이 문화 예술의 거리로 부상하는 데 작은 역할이라도 해보고자 합니다.

♧ 공주 원도심에서 보낸 어린 시절 이야기를 들려주시지요.

어머니와 함께 시장가는 길, 제민천 주변 버드나무 가지는 바람결 따라 부드럽게 흔들려서 얼굴을 간지럽혔습니다. 1960년대 말 제민천은 어린이들의 물놀이 장소였고 올챙이나 송사리를 잡으며 놀 수 있는 생태 실험장이었지요.

낮의 제민천은 빨래 방망이질을 하며 아기들 기저귀를 빨던 어른들의 빨래터였고, 여름날 밤에는 조카들을 망보게 하고 동네 이모들이 목욕을 하던 곳이었습니다.

저는 공주사대부고에 다녔는데 그때도 지금처럼 남학생 4반, 여학생 2반으로 한 학년에 6반씩 있었습니다. 한 반의 학생 수는 60명 정도였고요.

해마다 봄이면 경보대회를 했는데 학교에서 출발해 왕촌까지 걸어가는 것이었습니다. 중간에 쓰러지는 여학생들을 위해서 구급차가 대기해 있었고, 졸업한 선배님들께서 간식으로 맛있는 빵과 우유를 보내주셨어요. 그 전통은 지금까지도 이어지고 있습니다.

가을에는 체육대회를 했습니다. 이 기간에는 포크댄스를 했는데 교복이 아닌 사복을 마음껏 입을 수 있어서 친구들이 엄청 좋아했던 기억이 납니다. 교련실기대회도 했는데 공주고등학교 운동장에 모여서 제식훈련을 하고, 삼각건 묶는 법과 붕대 감는 법을 시연했습니다.

♧공주 골목길에 관한 잊지 못할 추억이 있으신지요?

멀리에서 공주로 유학 온 친구들이 자취와 하숙을 했던 추억의 골목길입니다. 공부 잘하는 친구 자취방의 불이 언제 꺼지나 알 수 있을 만큼 방이 가까이 붙어 있었습니다. 그 시절 자취방은 연탄불이 취사도구였고 난방의 전부였지요. 연탄가스 중독으로 학교를 결석하는 친구들도 있었습니다.

옛 공주극장에서 '월하의 공동묘지'를 보고 너무 무서워서 며칠 동안 무서운 꿈을 계속 꾸었어요. '로미오와 줄리엣'은 영화 속의 주인공 올리비아 핫세의 길고 긴 머리가 아름다워서 지금까지 기억납니다.

♧ 제민천에 얽힌 이야기를 듣고 싶습니다.

제민천은 방과 후 친구들과 징검다리를 건너며 놀고, 하얗고 예쁜 조약돌을 주워 공깃돌 놀이를 했던 곳입니다.

검정 고무신에 올챙이를 잡아주던 친구 삼촌도 생각나고 미술 시간이면 등장하는 그림의 배경이었지요. 송사리를 잡아 빈 병에 넣었던 친구들도 생각납니다.

♧ 예전에 있었는데 지금은 사라져 아쉬운 것들은 어떤 게 있을까요?

소방도로를 내면서 좁은 골목길이 넓게 정비되어 소방차가 다닐 수 있어 편리성이 좋아졌지만, 공주로 유학 왔던 사람들은 청소년기의 추억이 모두 사라지게 되어 아쉬움이 크다고 합니다.

공주제일교회 옆의 공주 최초 양의원이었던 '공제의원'이 없어진 것도 그렇지요. 이곳은 제가 23살 때 대상포진에 걸려서 다녔던 병원이고 동생들도 아프면 그리로 갔습니다. 시간이 흐른 후 개나리 미술학원을 할 때 원장님의 막내딸이 수강생으로 왔는데 상고머리를 한 예쁜 여학생이었습니다.

현재 공주세무서가 들어선 자리에 있었던 공주법원과 검찰청이 새롭게 신관동으로 이전하면서 그 건물들이 모두 철거된 것도 안타깝습니다. 그곳 마당 가운데에는 정원이 있었고 커다란 자목련 나무가 일품이었습니다.

사대부고 앞 노란 은행나무가 베어 없어진 것도 마음이 아프지요. 비를 맞고 서 있으면 마치 벨벳 같이 느껴졌던 나무였습니다. 현재 공주목 관아터 공사가 한창인 공주의료원 자리도 허물지 않고 리모델링을 해서 활용했으면 좋았을 텐데 하는 아쉬움이 있습니다.

♧ 평생을 바친 일에 대한 회고 및 앞으로의 계획을 들려주시지요.

구체적인 계획보다는 상업갤러리를 운영해보고 싶다는 마음 하나로 시작했고 2016년에 공주 첫 번째 갤러리로 오픈해서 8년째 운영을 하고 있습니다. 이 일이 불씨가 되어 갤러리가 계속 개관하고 있어 '공주 인사동'이란 말이 잘 어울리는 원도심이 되어가고 있으니 공주 사람들의 저력에 감사합니다. 지금까지처럼 앞으로도 지역의 예술가들과 예술작품에 관심을 갖고 예술작품이 유통되는 현장으로 자리 잡아 가도록 노력할 것입니다. 게다가 충청감영길은 관의 도움 없이도 자생력이 생겼고 공주는 예술가들의 인력 풀이 잘 되어 있지요. 그들이 각자 자기 빛깔을 내주면 된다고 생각합니다.

♧ 현재 공주 원도심에서 우리가 지켜야 할 것은 무엇이고, 바뀌어야 할 것은 무엇일까요?

공주 원도심에 꼭 맞는 계획과 실천이 필요하며 원주민들의 관심이 필요합니다. 공주에 오고 있는 많은 관광객과 예술가들은 공주만의 분위기가 있어 좋다고 이야기를 합니다. 공주의 문화와 역사를 이해한다면 그것이 확장성이 있다고 생각해요. 공주 사람들은 누구나 우리 마을에 대한 애정이 남다릅니다. 공주의 역사와 문화를 지역의 콘텐츠로 만들어가는 일을 함께 해야 합니다. 과도한 개발보다는 조금 불편해도, 약간 촌스러워도 그 점이 공주의 매력이라면 계속 갖고 가야 가능성도 있고 다른 도시와 차별되는 지점이라고 생각합니다.

♧ 가장 아끼는 물건과 행복했던 때는 언제일까요?

아낀다기보다는 행복한 기억이 있습니다. 초등 1학년 때 오빠와 공주극장에 갔는데 조개탄이 벌겋게 타고 있었어요. 고구마를 굽는 거라 생각하고 언제 익을까 기다리다 오빠에게 물었더니 조개탄이라는 말에 실망했던 기억이 납니다.

〈한국사진작가협회〉
이혜경 사진작가

이혜경 사진작가님을 만난 날은 폭염이 연일 계속되는 날이었습니다. 국고개 예술전문도서관 2층에 있는 공주예총 회의실에서 뵌 작가님은 시원한 아이스커피를 타주시며 "이곳이 멋진 예총 카페"라고 하셨습니다. 현재 사용하고 있는 카메라와 그동안의 전시 도록도 보여주셨지요. 2023년 공주문화원에서 발행하는 〈공주문화〉의 표지화에는 작가님이 매크로 렌즈로 접사 촬영한 작품이 실렸습니다. 더위를 식혀 줄 '물그릇'을 의미하는 꽃인 핑크빛 수국입니다.

♧ 사진작가로 입문한 시기 및 계기가 궁금합니다.

사진을 하게 된 동기가 별다르진 않습니다. 굳이 찾자면 큰아이가 학교에서 동아리 활동 중 샀던 카메라 한 대가 집에 있었습니다. 쓰지도 않고 있는 것이 아깝다는 생각을 하던 중에 공주문화원 프로그램에 사진반이 있다는 것을 알고 등록한 것이 지금까지 오게 되었습니다.

2010년 그 당시 생각은 그저 간단한 매뉴얼 익히고 사진 찍으면 될 것 같다는 안이한 생각이었지요. 지금의 여기까지 오게 된 것에 놀라울 따름입니다.

심지어 남편과 마트에서 장을 볼 땐 조금만 짐이 무거워도 들어달라고 하는데 20kg이 넘는 카메라 가방을 거뜬히 들고 다니는 걸 보면 남편이 배신감 느낄 것 같아요.

아들 둘이 중고등학생일 때 공주문화원에서 사진을 시작했는데 어느새 큰애가 결혼을 해서 예쁜 손녀를 안겨주었습니다. 그동안 저는 제45회 충청남도 사진대전 대상, 제36, 37, 38회 대한민국 사진대전 입선 외 다수의 수상을 하게 되며 충청남도 사진대전 추천작가, 백제 사진대전 추천작가로 성장했습니다. 현재 (사)한국사진작가협회 공주지부 사무국장으로 봉사하고 있기도 해요.

♧ 지금까지 사진을 계속 할 수 있는 힘은 무엇인가요?

2010년 하반기에 사진반에 등록 후 선배님들의 오랜 경력과 무거운 장비에 놀랐고 제 생각이 착각이었다는 것을 느끼며 점점 사진의 매력에 빠지게 되었습니다.

공주 인근의 출사지를 다니며 찍은 결과물을 보고 수업 때 서로 토의를 하며 그 사진으로 일반 전국사진 공모전에 내어 좋은 결과를 얻기도 했습니다. 더 욕심을 내어 충남도지회 사진공모전, 한국사진작가협회 사진공모전 등으로 점점 영역을 넓혀 나가며 활동을 하였습니다. 대상을 강렬한 눈으로 촬영한 '시선'이라는 작품은 보통의 사진 작품 같지 않고 제가 연출을 한 것으로 특선을 받기도 했습니다.

그렇지만 다 좋았던 것은 아니었지요. 전업주부이다 보니 살림도 해야 하고 사진 특성상 이른 새벽 출사도 나가야 합니다. 식구들에게 미안한 맘도 있고 체력적으로 힘들 때도 있어 그만 할

> *그렇지만 다 좋았던 것은 아니었지요. 전업주부이다 보니 살림도 해야 하고 사진 특성상 이른 새벽 출사도 나가야 합니다. 식구들에게 미안한 맘도 있고 체력적으로 힘들 때도 있어 그만 할까 하는 생각에 잠시 뒤로 미뤄둔 적도 있었습니다. 하지만 항시 카메라를 메고 다니는 저 자신을 보며 카메라를 다시 잡게 되었고 더 열심히 하게 되었습니다.*

까라는 생각에 잠시 뒤로 미뤄둔 적도 있었습니다. 하지만 항시 카메라를 메고 다니는 저 자신을 보며 카메라를 다시 잡게 되었고 더 열심히 하게 되었습니다. 일보 전진을 위한 일보 후퇴라고 할까요. 그 결과 지금은 대한민국 사진대전 추천작가라는 위치까지 온 것 같습니다.

♧ 작가님의 사진을 대하는 자세가 궁금합니다.

집집마다 카메라 한 대씩은 다 가지고 있지요. 아니 없어도 요즘 스마트폰에 있는 카메라로 다들 잘 찍습니다. 그만큼 카메라는 우리에게 친숙한 물건 중 하나일 것입니다. 하지만 오로지 촬영만 하겠다는 욕심으로 자연훼손을 하거나 다른 이들을 배려하지 않은 무분별한 촬영으로 사회적 이슈가 되는 것이 참 안타깝습니다. 앞으로의 바람은 사진을 찍는 작가들이 기술자가 아닌 상대방을 배려하는 마음으로 사람이나 자연을 촬영하면 좋겠다는 생각을 해봅니다.

♧ 공주 원도심에서 보낸 작가님의 추억의 시간들에 대해 들려주시지요.

결혼을 매개로 공주와 인연을 맺은 지 30년이 넘었습니다. 공주 이름이 참 예뻐요. 하지만 이방인인 제게 공주는 불편하고 재미없는 도시였어요. 아는 사람도 없고 교통도 불편하고, 없는 것도 많았습니다. 그래서 초반에는 대전으로 많이 나갔어요. 아이 둘을 데리고 버스를 타고 나가는 것이 쉽지는 않았지만 그 때는 젊어서인지 나갔다 와야 답답함이 풀렸어요. 점점 시간이 지나면서 아이들도 자라고 친구도 생기면서 재미있는 것들을 함께 찾아 다녔지요. 그 중 하나가 공주 장날이었습니다. 유모차에 아이 둘을 태우고 살 것도 없으면서 공연히 돌아다녔지요. 사람 구경도 하고 시장에 나와 있는 물건들 구경도 하면서요. 여기저기 다니다 배가 고파지면 지금은 없어진 사거리에 있는 〈풍미당〉에 가서 분식 종류를 먹었어요. 제가 제일 좋아했던 것 중 하나인 비빔쫄면입니다. 생각만 해도 입에 침이 고이네요.

♧ 공주 골목길에 관한 잊지 못할 추억이 있으신지요?

초창기 사진 출사 때 봉황동쪽으로 갔는데 골목길이 참 많았습니다. 겨울이라 골목길에 세워둔 리어카나 자전거에 눈이 하얗게 쌓인 풍경이 보기 좋았고 햇빛이 비치면 골목에서 노는 아이들도 더 따뜻하게 보였습니다.

♧ 요즘 제민천이 많이 변했는데 작가님 보시기엔 어떠신가요?

제민천은 공주 원도심 중심으로 흐르는 천으로 수원지를 시작으로 금강까지 이어지는 걸로 알고 있습니다. 몇 해 전부터 공주시에서 원도심 도시 재생사업을 하면서 동네가 많이 깨끗해지고 예뻐지는 게 보입니다. 늘어진 버드나무와 천변의 꽃들도 보기 좋아요. 시민들이 운동하기도 좋고 주변에 예쁜 카페들과 갤러리 등이 생겨서 많은 이들이 찾는 공간으로 변했습니다. 공주 문화재 야행이나 백제문화제 기간에는 제민천의 흐르는 물소리를 들으면서 프리마켓과 공연 등을 하는 문화예술 공간으로 변한 것 같아 지인들께 자랑하고 있습니다.

♧ 예전에 있었는데 지금은 사라져 아쉬운 것들은요.

많은 것들이 있겠지만 공주는 학교가 많아서인지 다른 지역보다 서점이 많았어요. 국민도서, 열린문고, 봉황서점, 웅진문고 등등입니다.

특히 국민도서는 시내 한복판에 크게 있어서, 아이들과 책도 보고 놀기도 할 겸 갔던 곳 중 한 곳입니다. 할아버지와 아빠가 함께 운영하시는 사대부고 앞 〈태을당 약방〉이 가까워서 주로 책방에서 만났습니다. 인터넷의 영향으로 책 소비가 줄어들어 지금은 없어졌지만 우리 가족에게는 영원한 추억의 장소로 남을 것입니다.

그리고 충남역사박물관(구 공주국립박물관)의 벚꽃은 오래된 고목으로 꽃이 만개하면 하늘을 덮고도 남을 만큼 아름다워 아이들과 자주 찾던 장소인데, 지금은 사람들의 편리를 위해서 길을 넓히고 도로를 정비하면서 오래된 벚나무가 잘려 나가 서운했던 곳입니다.

♧ 지금까지 사진작가로서 사진에 대한 생각 및 앞으로의 계획이 궁금합니다.

카메라 메카니즘이 필름에서 디지털로 바뀌면서, 카메라를 가지고 다니는 사람이 많아졌습니다. 경제적 부담감도 많이 줄어들고, 촬영에 대한 거부감이 적어서 그런 것 같습니다.

다들 "사진은 그냥 찍으면 되는 것 아니야? 찍어서 나 한 장 줘. 다시 복사 해…." 하며 편하게 생각하는데 그렇지 않습니다. 사진 촬영 자체가 위험한 상황이 많아요. 다양하고 좋은 작품을 얻기 위해서는 이른 새벽 장거리 운전도 마다않고, 높은 곳에도 올라가고, 미끄러운 계곡 물 속에도 들어가야 합니다. 제 주변의 사진

작가 중 안 다친 사람이 없고 카메라가 바닥에 떨어지고 물에 빠지는 게 부지기수입니다. 이렇게 험난한 작업임에도 아직까지 카메라를 잡고 있는 이유는 그냥 좋아서입니다.

그 마음으로 앞으로 우리 고장의 변해가는 모습과 옛것을 기록으로 남기는 사진 작업을 하고 싶습니다. 시아버님과 남편이 일하셨던 태을당 약방 3층짜리 건물이 현재 셔터가 내려진 체 비어 있는데 이곳에서 사진 전시를 하면 의미가 있을 듯해요. 그런데 그 건물이 겉에서 보기엔 멀쩡한데 내부는 손볼 게 많아요. 천천히 하려고요.

♧ 가장 아끼는 물건과 행복했던 때는 언제이신지요?

제가 가장 아끼는 물건은 오래된 니콘 카메라입니다. 큰 아이가 고등학교 사진반 동아리 활동을 할 때 처음 사준 카메라인데 아들이 계속 활동을 안 해서 제가 대신 사진을 배우게 되면서 썼던 D300 니콘 카메라입니다. 그 카메라로 참 많은 사진을 찍었습니다.

끝으로 저에게 도움을 주는 많은 이들이 있었지요. 그중에 사진의 길로 들어섰을 때 가르침을 주신 최근태 선생님 그리고 늘 제 곁에 있는 가족들이라 생각합니다. 15년 동안 사진을 찍었습니다. 처음엔 뭣 모르고 했고, 가정주부로 살면서 살림도 하고 아이들 케어하면서 어려움도 많았어요. 새벽 출사와 고가의 카메라 장비 부담, 돈을 벌지 못하면서 쓰기만 하는 형편이라 미안한 마음뿐이었습니다. 그럴 때마다 묵묵히 곁에서 싫은 내색 안 하고 지켜봐준 남편과 아이들에게 고맙다는 말을 쑥스럽지만 이 지면을 통해서 전하고 싶습니다.

"사랑합니다. 고맙습니다."

〈사회문화예술연구소 오늘〉 임재일 소장

공주 원도심 국고개 언덕의 중동성당을 지나 언덕길을 내려가면 골목 입구에서 바로 보이는 2층 양옥집 건물에는 '대안카페 잇다' '사회문화예술연구소 오늘'이라는 작은 간판이 보입니다. 대문 앞에 서면 철 따라 피어나는 예쁜 꽃들과 행잉 바스켓, 계룡산 도예촌의 임성호 작가님의 호랑이 작품이 먼저 반겨줍니다. 한적하고 옛스런 골목과 사뭇 다른 세련된 분위기가 느껴지는 그곳에서 임재일 소장님을 만나뵈었습니다.

♧ 소장님, 연구소의 오픈과 관련한 이야기가 궁금합니다.

저희가 운영하고 있는 사회문화예술연구소 〈오늘〉은 2009년 6월에 공공미술연구소 〈오늘〉이란 이름으로 처음 문을 열었습니다. 저희 부부와 딸은 모두 미술을 전공하였는데 서양화, 한국화, 조각 등으로 각자의 작업을 해왔습니다. 그러다가 2007년경부터 미술의 개입을 통한 공동체의 역할과 기능에 대해 관심을 갖게 되었지요. 당시로선 조금은 생소한 공공미술 분야에 다 함께 참여하게 된 것입니다. 처음에는 주로 낙후되고 소외된 도시나 농촌에서 미술로 주민의 주거 환경을 개선하고 어르신이나 아이들과 함께 미술체험 등을 통해 최소한으로나마 삶의 질을 개선해보자는 실험과 노력을 했습니다. 그러다가 예술의 개입을 통해 작은 공동체를 넘어 한 마을 혹은 한 도시의 삶의 터전을 사람들이 좋아하는 환경으로 바꾸어가는 도시재생사업에 초대되어 다양한 장르의 전문가들과 협업하며 기쁘고 보람된 마음으로 지금까지 활동하고 있습니다.

2013년 공공미술을 통한 "유구 문화예술 마을 만들기"사업을 기획하고 충남도청의 공모사업에 선정되어 10년 계획으로 사업을 추진하기도 했습니다. 2년간 주민과 시장 상인 그리고 100여 명에 달하는 각 분야의 예술가들이 힘을 합쳐 다양한 실험을 통해 많은 성과를 이루어냈습니다. 그러한 성과는 차후 문화적 도시재생사업에 한 전범처럼 회자되기도 하였습니다.

3차년도에도 농림수산식품부의 농촌활성화사업에 당선되면서 20억 원의 예산을 받아왔으나 관의 소극적인 자세로 이 사업이 한국농어촌공사로 위탁되었습니다. 사업은 당초 계획하였던 문화예술의 색을 지운 평범하고 어디에서나 비슷하게 추진되고 있는 농촌활성화사업으로 진행되어 안타까운 마음으로 지켜보았습니다.

그리곤 2015년 전국적으로 도시재생활성화사업이 국가 차원의 정책사업으로 추진되면서 우리연구소는 공주시의 도시재생사업에 주도적으로 참여하게 되었습니다. 당시 연구소 소장이었던 저는 국립공주대학교 미술교육과에 객원교수로 재직하면서 공주시로부터 공주하숙마을 조성사업, 공주골목길 테마거리 조성사업, 공주기독교박물관 조성사업 등을 위탁받아 책임연구원

역할을 하면서 이 사업들을 추진했습니다.

그리고 이후 저희 연구소는 공주 원도심에 오래된 2층 단독주택을 구입하여 연구소를 이전하고 부대시설처럼 〈대안카페 잇다〉를 개업하게 되었습니다. 이 집은 방이 4개인데 예전의 공주간호전문대학생들이 하숙과 자취를 했던 집으로 가끔 그분들이 찾아오셔서 30년 전 자신이 살던 방을 가리키며 이야기를 하십니다. 옥상 위로 올라가면 마을이 다 보입니다.

2층 한 방에 '공주자료관', '도시재생자료관'이란 공간을 마련하고 관련 서적이나 보고서들을 모아 두었습니다. 바로 공주에 대하여 궁금하거나 연구하는 분들과 함께 활용하는 공간입니다. 〈대안카페 잇다〉는 공주 시민들을 서로 이어주고, 공주 내부와 외부 사람을 이어주며, 공주의 과거, 현재, 미래를 이어간다는 거창한 의미를 담고 있습니다.

♧오랫동안 이런 일을 할 수 있는 힘은 무엇일까요?

앞서 설명한 대로 우리 가족은 모두가 미술을 전공하였고 초기에는 각자 관심에 따라 순수미술 분야에서 연구와 창작 활동을 해왔습니다. 그러다가 우리나라에 공공미술이란 개념이 들어오면서 이 분야에 함께 관심을 갖고 참여하기 시작하였습니다. 아마도 그것이 이 분야에서 계속해서 참여할 수 있었던 가장 큰 힘이었을 것입니다.

공공미술은 사람들과 부대끼며 진행을 해야 하는 일이고 현장에서 작업이 이루어지는 경우가 대부분이어서 육체적으로 힘이 들 때가 많은데 가족이 서로 위로하고 격려하며 추진해 왔기에 가능했을 것입니다. 어느 프로젝트나 초기에는 주민들이나 관의 공무원들이 이러한 개념의 도시 활성화 사업에 대한 경험이나 이해가 부족하여 많은 어려움을 겪게 됩니다. 하지만 짧지 않은 시간(적어도 6개월에서 1년 이상)을 함께 사업을 추진하고 성과를 내면서 서로 이해가 쌓이고 신뢰도가 높아지면서 상호 존중하게 됩니다. 그런 것도 또 다른 동력이 되고 있습니다. 사업의 결과를 나누게 되면 또다시 한 단계 나아가기 위한 계획과 기대를 공유할 수 있게 됩니다.

♧ 소장님께서는 이곳에 찾아오시는 방

〈대안카페 잇다〉는 공주시민들을 서로 이어주고,
공주 내부와 외부 사람을 이어주며,
공주의 과거, 현재, 미래를 이어간다는
거창한 의미를 담고 있습니다.

문객들과 어떻게 소통하시는지 궁금합니다.

우리 연구소나 카페에 오시는 분들은 주로 공주의 정서를 느껴보고 공주에 대하여 알고 싶어 하는 분들이 찾아오십니다. 단순한 여행객이기도 하고, 공주에로의 이주를 꿈꾸고 있거나 계획하는 분들이 공주에 대하여 궁금하신 점들을 상의하러 오시는 분들이 많습니다. 그러면 저는 부동산업자 못지않게 공주의 빈 집이나 공유 공간 등을 소개하거나 전문적이지는 않지만 공주에서의 창업이나 일시적인 정주에 대하여 꼼꼼하게 설명과 안내를 해드립니다.

외부 방문객이 아닌 공주 시민들, 지역 활동가로 왕성하게 자기 분야를 개척해 가는 분들이 찾아와 상호 네트워크를 넓혀 가고 정보를 교환하거나 작은 연구모임 등을 이어가고자 하는 분들이 활용하고 있습니다. 저희는 이러한 모든 분들을 또 한 명의 동지로, 공동체로 여기며 함께 살아가는 가교 역할을 할 수 있기를 기대합니다.

♧ 공주 원도심에서 보낸 어린 시절 이야기를 들려주시지요.

제가 공주 원도심에서 살기 시작한 것은 1967년 당시 봉황초등학교 교사이셨던 아버지를 따라 지금의 세종시(당시 연기군)에서 이사를 와 초등학교에 입학하던 때였습니다. 저는 초등학교 때부터 그림 그리기를 좋아했습니다. 결국 미술대학에 진학하여 서울로 갔다가 외지에서 사회생활을 했습니다. 40여 년 만에 공주로 다시 돌아와 생활하고 있습니다. 그래서인지 저는 집 뒷산인 봉황산이나 산성공원 등에서 혼자 그림을 그리거나 미술학원에서 친구, 선후배들과의 화실 생활에 대한 기억들이 많이 남아 있습니다. 이제는 함께 나이들어 가면서 그림을 업으로 하는 동업자로서 함께 격려하며 살아갈 수 있는 공주 원도심의 정서를 소중하게 생각하고 있습니다.

♧ 공주 골목길에 관한 잊지 못할 추억을 말씀해주시지요.

우선 공주 골목길에 대한 가장 잊지 못할 추억을 이렇게 공개적인 지면을 통해 남길 수 없음을 솔직히 고백하면서 질문 덕분에 저만의 소중한 추억의 시간을 갖게 해주신 점에 감사드립니다. 초등학교 때부터 공주에서 살아온 저는 큰길보다는 골목길에 대한 기억과 추억이 더 많습니다. 그 골목길은 늘 무언가 기다리는 장소였으며, 그 기다림이 끝나면 늘 설레는 공간이었습니다.

♧ 옛 호서극장, 공주극장에서 본 영화 중에 기억나는 영화가 있는지요.

호서극장에서 본 가장 기억에 남는 영화는 '나자리노'와 '썸머 타임 킬러' 입니다. 당시 영화를 엄청 좋아했던 저는 거의 모든 영화를 보려고 노력했습니다. 두 영화 다 사전 정보나 이해 없이 보러 갔다가 나자리노의 영상미와 음악 그리고 썸머 타임 킬러는 두 남녀 주인공의 매력과 오토바이 액션 신에 놀라움과 감동을 받았습니다. 물론 두 영화의 스토리가 남녀 간의 지고한 사랑을 주제로 하고 있었던 점도 빼놓을 수 없을 것입니다.

호서극장은 성악을 전공한 누나와의 추억도 남아있습니다. 성악가 테너 엄정행이 순회공연을 할 때 지역 공연자로 누나가 '목련화'를 함께 공연했습니다. 그 감동은 잊을 수가 없어요. 고등학교 때는 행사나 축제 포스터를 붙이러 공주여고에 갔는데 공주고 학생들은 그때마다 서로 가려고 했습니다.

공주극장에서의 기억은 어쩌면 공주에서 제가 가장 잊기 힘든 장소이기도 합니다. 중학교 1학년에 재학 중일 때 학교에서 단체로 공주극장으로 영화를 보러 갔습니다. 그런데 영화 중간 쯤 갑자기 영화가 중지되고 "1학년 임재일 학생은 지금 곧 매표소 앞으로 나오세요"라는 방송이 흘러 나왔습니다. 급하

게 매표소로 가니 담임 선생님이 저를 집으로 데려다주셨는데, 그날 봉황중학교에 자전거를 타고 통학을 하던 공부 잘하고 착하던 형이 금강 다리에서 교통사고로 저세상으로 갔다는 것이었습니다. 너무 놀라서 그날 어떤 영화를 보았는지 전혀 생각이 나질 않습니다.

♧ 제민천에서의 추억은요.

제민천은 공주 시민이라면 애환과 즐거운 추억을 모두 가지고 있을 것입니다. 제민천은 제가 초등학교 시절엔 몇 곳에 둠벙이 있어서 여름이면 신나게 물놀이를 하거나 물고기를 잡으며 놀던 기억을 담고 있는 곳입니다. 그러나 중학교 들어갈 때는 집 가까이 있던 공주중학교가 집에서 가장 먼 제민천 끝 금강 근처로 이전을 하였습니다. 졸지에 가장 근거리였던 학교가 가장 먼 곳이 되어, 제민천을 따라 걷던 길이 너무

길게 보였습니다. 그 중간에 있던 산성 시장 뚝방길의 오뎅집 등 포장마차의 유혹을 견디기 힘들었던 기억도 남아 있습니다.

중학교에 다닐 때는 제민천 가에서 친구들이 바리깡으로 서로 이발을 해 주던 모습도 눈에 선합니다. 집에서 받은 이발비는 친구들과 군것질을 하는 데 썼고요.

♧ 예전에 있었는데 지금은 사라져 아쉬운 것들은요?

공주에서 사라진 것 중 가장 아쉬운 것은 무엇보다도 금강의 백사장입니다. 금강의 모래사장은 어린 시절 가장 황홀한 놀이터였고 재첩이나 물고기도 잡고 수영도 하던 낙원 같은 곳이었습니다. 서울로 대학 진학을 하여 가끔 공주에 내려올 때는 미리 친구들에게 연락하고 터미널(당시 공산성 남문길 쪽에 있던)에서 만나 공산성이나 금강을 꼭 걸었을 만큼 좋아했던 곳입니다. 지금은 금강의 물이 탁해진 채로 모래사장을 다 덮어버려 늘 아쉬운 마음입니다.

♧ 현재 공주 원도심에서 우리가 지켜야 할 것은 무엇이고, 바뀌어야 할 것은 무엇일까요?

현재를 살아가는, 그러면서 공주에 대한 많은 기억을 지니고 있는 세대로서 공주 원도심에서 가장 지켜야 할 것은 다소 추상적일 수 있겠으나 공주 원도심의 추억과 원도심만의 정서입니다. 물론 특정한 어느 한 공간이나 건물들도 꼭 지켜져야만 하는 가치를 가지고 있겠지만 그 공간이나 건물이 가지고 있는 가치나 쓰임새가 시민들의 정서나 추억에 반한다면 그것은 꼭 지켜야 할 이유를 상실한 것이겠지요.

원도심에서 꼭 지켜졌으면 했으나 사라진 건축물로는 봉황산 아래에 오래된 정원이 있었던 공주법원과 검찰청 건물입니다. 아쉬움이 컸지요. 현재 원도심에서 지켜지길 기대하는 건물은 호서극장 앞 양조장 건물과 산성동(산성동 99-5번지)과 중학동(반죽동 25번지_오씨네 가옥)에 남아 있는 두 민간 기와집입니다.

♧ 가장 아끼는 물건과 행복했던 때는요?

저는 위로 누님 한 분과 여동생이 한 명 있는데 둘 다 음악을 그것도 성악을 전공하여 그런지 중고등학교 시절부터 음악 듣는 것을 좋아하였습니다. 그리고 저는 전공이 미술이다 보니 하루의 많은 시간을 그림을 그리면서 음악을 듣는 생활이 자연스러웠기에 어려서부터 음반을 모으는 것이 큰 즐거움이었습니다.

시대의 흐름에 따라 LP와 테이프를 모으다가 CD로 그리고 DVD 음악 비디오를 모으게 되었습니다. 전문 애호가들과 비교하면 그리 많은 편은 아니지만 현재도 몇백 장의 LP와 CD 등을 소장하고 있고 아직도 제가 가장 아끼는 물건입니다.

가장 행복했던 때는 고등학교 때 화실에서 그림을 그리며 친구들, 선생님(지금은 같이 나이들어 가는 동지 같은 관계로 지내지만…)들과 함께했던 시간입니다. 그분들과는 지금도 자주 만나며 그때의 추억을 삶의 영양제처럼 되새기며 수다를 떠는 시간을 보내곤 합니다.

〈정담양조장〉
최예만 대표

공주 '정담양조장'은 현재 백제를 기반으로 다양한 백제술을 선보이고 있습니다. 시억에 대한 따뜻한 애정과 잊혀져가는 것들을 많은 이들에게 알리고 싶어 하는 최예만 대표님은 오늘도 '무령화원'이라는 상표의 전통주를 빚고 있습니다. 9월말에는 공주시에서 해마다 개최하는 23대백제전 축제 협업으로 세계유산인 공산성 안에서 여행객들과 백제술 체험을 진행하며 그들을 맞이했습니다. 우리 술에 아이디어와 멋, 트렌드를 더해 백제술을 만들고 계신 최예만 대표님을 산성시장 안에 있는 정담양조장으로 찾아뵈었습니다.

♧ 먼저 대표님에 대해 간단히 소개 부탁드립니다.

안녕하세요! 저는 공주의 원도심에서 '무령화원'이라는 상표의 전통주를 빚고 있는 최예만입니다. 공주에서 학창 시절을 다 보냈지요.

공주사대부고를 졸업하고 건설업을 했어요. 4년 전에 심장이 안 좋아졌어요. 60살도 되기 전에 죽을 수도 있겠다 싶었습니다. 그때 공주에 가서 보답을 해야겠다고 생각했지요. 공주로 다시 온 지금은 20%만 가동되던 심장이 35%나 가동되니 매우 좋아진 것입니다.

♧ 어떻게 공주 로컬 콘텐츠로 전통주와 백제술을 선택하게 되셨는지요?

학자들에 의하면 백제인 '인번'이라는 분이 서기 300년경에 일본에 누룩으로 술을 빚는 양조법을 전수해주었다고 해요. 그때 '쌀을 삭힌다'고 알려준 말이 오늘날 일본의 '사케'라는 명칭이 되었다고 합니다. 그런데 막상 일본 사람들이 공주가 자신들의 원조라고 찾아왔을 때 내보여줄 것이 없다는 생각이 들었습니다. 공주 밖에서 살 때에도 공주에 관심을 갖고 살았고 그 중 하나가 바로 백제시대 전통주였어요. 오래된 전통 자원을 우리가 기억해서 공주를 방문하는 사람들에게 소개할 수 있기를 바랐습니다. 그것이 그동안 저를 키워준 고향 공주에 대한 작은 보답이라는 마음이었던 것 같아요. 2022년 4월 8일 산성시장 안에서 오픈을 했습니다.

♧ 백제술 무령화원의 특징은 무엇일까요?

백제술 무령화원은 그 어떤 인공화학 첨가물을 사용하지 않고 공주 지역에서 생산되는 찹쌀과 누룩, 물로만 90일 이상 발효하여 옛 선조들의 방식으로 빚은 술이지요. 무령화원 탁주와 약주 두 종류의 술을 빚고 있습니다. 술에 민감한 사람들도 무리 없이 마실 수 있는 건강한 술이라고 알려지면서 지역 안에서도 찾아주는 마니아들이 점점 많아지고 있습니다.

공주분들은 대부분 비싸다고 안 사가시는데 수촌리에 사시는 아주머니 한 분은 매주 한 병씩 사 가십니다. 소화가 잘 안되셨는데 이 술을 꾸준히 마시고 좋아졌다고 소화제로 드신다고 해요. 이분께는 그냥 술이 아니라 '약

주'인 것이지요.

이런 좋은 점을 알리기 위해 원도심 공유 공간에서 1만원의 참가비를 받고 약간의 안주를 곁들인 '수요술담'을 한 달에 한 번 자유롭게 진행하고 있습니다. 다양한 연령대가 참여하고 있어서 고무적인 일입니다. 또한 우리술 양조장에서 내 손으로 직접 우리술을 빚어 보는 양조체험을 하실 수 있습니다.

♧ 공주에서 백제술을 계속 빚을 수 있는 힘은 무엇일까요?

공주에 대한 부채감이 아닐까 싶습니다.

질풍노도의 시기를 공주가, 금강이, 공산성이 저를 위로해 주었고 제가 서러움의 울음을 토해낼 때 다 받아줬거든요. 그래서 크게 비뚤어지지 않았고 큰 성취는 못 이루었지만 이렇게 건강하게 성장하였다고 자부합니다.

♧ 공주 골목길에 관한 잊지 못할 추억이 있으신지요.

공주사대부중 정문에서 문화원 쪽으로 나오는 비좁은 골목길에서 피하려다가 맞닥뜨린 여학생을 못 잊어서

질풍노도의 시기를 공주가, 금강이, 공산성이 저를 위로해주고, 제가 서러움의 울음을 토해낼 때 다 받아줬거든요. 그래서 크게 비뚤어지지 않고 큰 성취는 아니지만 이렇게 건강하게 성장했습니다. 그래서 지금까지 저를 키워준 고향 공주에 작은 역할이라도 해보고자 하는 마음을 먹었습니다

매일 골목길과 차부를 헤매고 다녔습니다. 심하게 열병을 앓느라 그 후유증이 컸었지요.

중학교 때는 집이 너무 싫어서 가출을 해서 서울로 갔던 일도 기억이 납니다. 좋아하는 여학생에게 잘 보이려는 마음에 공주사대 수학과 학생에게 독과외를 하며 공부했어요. 한 달 과외비가 5만원이었어요.

이때 당시 공주 시내에는 학생들이 3만 5천명이나 되었습니다. 교복 입은 학생들로 골목이 가득 찼고 장날이면 사람들이 더 많아서 골목을 다닐 수가 없었어요. 시골에서는 밀농사를 많이 지었고 그분들이 장날이면 국수를 뽑아서 팔러 나왔습니다. 당연히 국수골목이 만들어진 것이지요.

공주 장날이면 시장 골목에 구경거리가 많았어요. 놋그릇 광내는 약을 파는 아저씨가 원숭이와 고슴도치의 공연을 했는데 그걸 보려고 땅바닥에 주저앉아서 반나절 이상을 기다리기도 했습니다.

♧ 제민천에 얽힌 추억을 말씀해주시지요.

예전에는 학생 야간통행 금지라는 게 있었어요. 봄·여름에는 오후 8시, 가을·겨울에는 오후 7시가 통행금지 시간이었습니다. 그 이후에 외출할 경

우에는 하교 전에 학생과에 사유를 설명하고 통행증을 발급받아 지참하고, 교복을 입고 외출해야 합니다. 그런데 짝사랑에 빠지다 보니 밤에 가슴이 답답해서 체육복을 입고 달렸습니다. 반죽동 구 경찰서에서 금강철교까지 제민천 둑길을 달리다 보면 반드시 공주중학교 회랑교 쯤에서 야간순찰 도는 학생과 선생님들께 적발되어 학교로 통보를 받았지요. 다음날 학생과에 불려가서 대걸레 자루로 빠따를 맞고 반성문을 써서 냈던 기억이 납니다.

지금 공주향교의 전교로 계시는 오병일 선생님께서 학생과에 계셨는데 너무 자주 적발되니 하루는 저를 불러서 이유를 묻기에 집에서 공부를 하는데 그 여학생 얼굴이 떠올라 가슴이 답답해서 주체가 안 돼서 제민천을 달렸다고 했더니 이해해주셨지요. 그 후부터는 덜 혼나게 감싸주시고 제 편을 들어주셔서 너무 감사했습니다. 그래서 성인이 되고 난 뒤부터 지금까지 스승의 날만큼은 식사 대접을 해드리며 마음을 전하고 있습니다.

지금 제민천변 공주시 직영 게스트하우스로 운영되고 있는 '공주하숙마을' 근처는 집집마다 하숙방과 자취방을 만드느라 집에 빈 마당이 없었습니다.

최소 한 집에 다섯 명 이상씩 받았거든요. 자취방은 방 1개에 월세가 3천원이었고, 하숙비는 1만 3천원이었습니다. 석유곤로를 썼고 연탄가스 중독 사고도 있었지요. 하숙집 반찬은 계절마다 모든 집이 똑같았습니다. 여름이면 감자조림, 마늘쫑 볶음이 나오고 겨울에는 김치볶음과 계란말이가 공통적으로 올라왔어요. 토요일엔 점심에 라면을 끓여주셨습니다. 대학생들은 하숙집 밥보다 근처 식당에서 매식을 많이 했어요.

제민천 옆 〈호서극장〉에서 올리비아 핫세 주연의 애정 영화 '로미오와 줄리엣'을 보고 가슴이 콩콩 뛰던 시절도 있었지요. 혼자 짝사랑을 해본 적이 있으니 두 주인공의 애절한 사랑이 부러웠습니다. 줄리엣은 또 어쩜 그렇게 청순했는지요. 아마도 모든 남자들의 연인이었을 거예요.

♧ 예전에 있었는데 지금은 사라져 아쉬운 것들은 무엇일까요?

공주읍사무소 모서리에 있던, 담쟁이 덩굴이 휘감고 있던 일본식 적산가옥과 현재의 청년센터 자리에 있던 제일은행 건물입니다. 공주의 근대 풍경을 제대로 보여줄 수 있는 건축물이었는데 보존하지 못한 것이 아쉽습니다. 다행인 것은 요즘 지역에서 활동하는 젊은 화가들이 그림으로 사라진 것들을 담는 작업을 하고 있어요.

♧ 백제술과 함께 하는 앞으로의 비전과 계획을 들려주세요.

저는 고향 공주에서 세속적인 욕망을 추구하기보다는 의미와 가치 있는 일을 해보고 싶습니다.

'백제의 술! 무령화원으로 부활시킨다'라는 사명감을 갖고 있어요. 누룩 냄새를 싫어하는 젊은이들에게 그 생경한 맛을 경험해보게 하려고 공주대 학생들과 '공주살롱'을 실험하기도 했습니다.

공주시에서 주관한 '효자 이복 추모제' 때는 제주로 진상했고, 지역 작가님들의 전시회 개막식 때는 리셉션 축하주로 선물해 드립니다. 산성시장 밤마실 야시장에서는 홍보 부스를 운영하며 우리 술을 마음껏 시음하게 해드리고 있어요.

사실 우리가 일상에서 잘못 알고 있는 것들이 많아요. 술도 그렇습니다. 일제강점기 때 일본 사람들이 우리 술

을 홀대하고 자기들 것을 우월화하려고 막걸리라고 안하고 '탁주'라 부르고, 그에 반해 자기들 술은 맑은 술이라며 '청주'라고 했어요. 일본은 조선총독부 주세령을 선포하면서 양조장을 많이 없애기도 했습니다.

제가 가장 행복한 때는 수강생들과 함께 술공방에서 술빚을 때입니다. 백제의 고도 공주에서 백제의 술을 시민들에게 알리는 일을 하고 있는 시간이니까요.

공주 시민의 0.01%라도 그 술을 빚을 수 있게 알려드리고 싶어요. 그래서 추석과 설 명절만큼이라도 일본 술 '백화수복 정종'이 아닌 우리 전통의 방식으로 빚은 술로 조상님의 차례를 지낼 수 있게 하고 싶습니다.

지난 6월에 충북 보은군수님과 마을 이장단 40명이 1박 2일로 공주를 방문하셨을 때 술 체험을 함께 할 때는 정말로 뿌듯했습니다.

2023대백제전 때 저는 세계유산인

공산성 안에서 '1700년 전 백제를 마시다'란 주제로 백제술 시음회를 진행했습니다. 앞으로도 백제술과 함께 마을 주민, 관계 기관과 협업해서 잘 꾸려나가겠습니다.

'한 달에 적자 삼백만 원만 유지하자. 그렇게 10년만 버티자. 그러면 되겠지' 하는 마음뿐입니다. 백제술 '무령화원'을 지속적으로 지켜봐주시고 응원해주시길 바랍니다.

♧ 마지막으로 현재 공주 원도심에서 우리가 지켜야 할 것은 무엇이고, 바뀌어야 할 것에 대해 한 말씀 부탁드립니다.

공주는 백제의 역사를 떠나서는 살 수 없는 도시입니다. 게다가 전국적인 인구소멸도시에 들어간 지역입니다. 그렇다고 여러 가지 혜택을 주면서 기업 유치하고 공장 백 개 들여와도 인구 늘어나지 않습니다. 공장 유치하면서 지방세 5년, 10년 동안 감면해 줘 봐야 시민들의 부담만 늘고, 공장의 기능 인력 대부분은 인근 대도시에서 통근 버스로 출퇴근시킬 수밖에 없는 현실입니다. 주중에는 열심히 일하고, 주말에 공주만의 문화를 즐기고 쉬러 오는 역사문화관광지역으로 실질적으로 변화되어야 합니다.

〈대우당약국〉 최유황 약사

언제 올지 모르는 몸이 아픈 사람들의 발자국 소리에 늘 관심을 기울이면서 37년 동안 약국 문을 열어놓고 계시는 최유황 약사님, 공주 토박이인 그 분을 웅진로(산성동)에 위치한 대우당약국으로 찾아뵙고 소소한 이야기를 나누었습니다. 하얀색 약사 가운을 입고 계신 약사님은 우리 부부를 반갑게 맞이해 주셨어요. 오랜만에 약국 대청소를 했다고 하시며 조제실까지 구경시켜 주시고 이런 저런 포즈를 흔쾌히 취해 주셨습니다.

♧ 약국 오픈과 관련한 이야기를 듣고 싶습니다.

1984년 12월에 약국을 오픈했습니다. 대학 3학년 다니다가 군대에 입대하고 졸업과 동시에 1년 정도 관리 약사로 근무했습니다. 그 당시 아버님이 편찮으시고 육군 대위로 제대한 형님은 오토바이 사고로 대수술을 하고 동생은 대학을 다녀서 경제적인 압박이 심했습니다.

처음에 몇 년간은 연중무휴로 아침부터 밤11시까지 약국 일을 했어요. 지금 생각하면 상상하지도 못할 초인적인 근무 시간이었습니다.

그 당시 시내에는 지금은 없어진 창원약국이 있었고 옥룡동에 공주약국, 구터미널에 우신약국이 있었습니다. 의약 분업이 되면서 약국들의 부침이 있었지요.

♧ 약국을 근 40년 동안 계속할 수 있는 힘은 무엇일까요?

몸이 아프고 불편한 내방객들에게 필요한 상담을 한 후 약을 처방해드리면 몸과 마음이 편안해진다는 말씀을 하실 때 뿌듯했습니다. 그 힘으로 좁은 공간에서 다람쥐 쳇바퀴 돌 듯하던 하루하루도 감사하며 지내다 보니 어느덧 큰 탈 없이 37년이란 세월이 흘렀습니다. 더불어 병원에서 환자분들을 위해 좋은 처방을 내주시는 병원장님들과 환자분들, 주변 이웃들에게 감사드립니다.

♧ 약사님께서 방문객을 대하는 법과 삶의 좌우명이 궁금합니다.

약국에 오시는 내방객들의 눈높이에 맞춰서 귀를 기울이고 성심껏 설명을 해드립니다. 어르신들은 박카스 한 병만 챙겨드려도 좋아하십니다.

우리 집 가훈이자 삶의 좌우명은 '항상 기뻐하라, 쉬지 말고 기도하라, 범사에 감사하라'는 성경 구절입니다. 젊은이들에게 들려주고 싶은 한마디는 '진실하라, 절실하라, 함께 하라'입니다.

♧ 약사님께서 공주 원도심에서 지낸 어린 시절 이야기를 들려주시면 좋겠습니다.

동네의 형들 그리고 친구들과 이른 봄에는 인근 봉황산에서 칡뿌리를 캐왔습니다. 때론 그 너머 뒷산에서 전쟁놀이를 했어요. 여름에는 금강에서 수영을 하고 낚시 어항을 놓아서 고기를

"

항상 기뻐하라, 쉬지 말고 기도하라, 범사에 감사하라.
제가 좋아하는 성경 구절입니다.
저는 이 말씀을 붙잡고
범사에 감사하며 37년 동안 이곳을 지키고 있습니다.

"

잡던 일도 생각이 납니다. 가을에는 인근 야산에서 밤을 따다 벌에 쏘였던 추억, 겨울이면 시어골 너머 조그마한 저수지에서 스케이트를 타던 생각이 나네요. 스케이트가 귀한 시절이었기에 발에 맞는 스케이트를 신을 수가 없었고 형이 타던 큰 스케이트에 양말을 돌돌 말아 집어넣고 타던 생각이 납니다.

고모할머님이 수녀님이신데 중동성당을 처음 지을 때 최종철 마르코 신부님과 함께 계셨습니다. 엄격하셔서 저녁식사 때 기도문을 외워야 밥을 먹게 하셨어요. 그래도 복사를 서는 날이면 성당까지 걸어가는 동안 먹으라고 알사탕을 주셨습니다. 우리는 성당이 멀어서 그것을 십리사탕이라고 했고 그 사탕 받는 재미에 기쁘게 봉사했습니다.

♧ 골목길에서 잊지 못할 추억이 있으신지요?

네, 예전에는 여름에 더우면 집 앞에 긴 나무 의자를 내놓고 더위도 식힐 겸 골목길 집 앞에 나와 앉아 있곤 했습니다. 그런데 우리 동네 골목 어귀에 딸부잣집 딸들이 여럿이 나와 있으면 그 앞을 지날 때에는 공연히 부끄러워서 모자를 푹 내려쓰고 빠른 걸음으로 지나쳤던 생각이 납니다.

♧ 옛 호서극장과 공주극장에서 본 영화 중에 기억나는 게 있으실까요?

영화를 좋아했지만 돈이 없어서 마지막 상영시간인 9시15분 즈음에 가서 극장 매표원이 빠져나간 뒤에 입장료

를 안 내고 몰래 들어가서 보았습니다. 앞부분 일부를 못 보았지만 그래도 그렇게라도 볼 수 있어서 좋았지요. 나중엔 매표원과 친해져서 공짜로 영화를 보러오라고도 했습니다.

사운드 오브 뮤직, 벤허, 왕유 주연의 돌아온 외팔이, 이소룡 주연의 주옥같은 영화 정무문, 빨간 마후라, 겨울 여자 등을 그곳에서 보았습니다. 가수 남진과 나훈아가 공연을 할 때는 공연을 보려고 사람들이 50미터까지 줄을 서서 기다렸어요. 극장 가까이에 있는 직물공장 사장님과 직공들, 동네 어르신들이 많았습니다. 잘 나가던 극장이 내리막길로 들어서면서 동시상영을 하기도 했지요. 호서극장 주인은 산성시장 맞은편에 지금은 사라진 〈중앙극장〉을 세우기도 했습니다.

♧ 제민천과 관련된 약사님 이야기를 듣고 싶습니다.

물고기를 좋아하시던 할아버지에게 매운탕을 해드린다고 미꾸라지, 송사리를 잡던 일이 생각납니다. 초가을에

는 대나무에 철사로 모기장을 매달아 고추잠자리를 잡았고, 장마철에는 물이 빠지면 그때 떠내려 온 못, 실탄피, 철사 등등 고철을 바구니에 주워 모아 동네 친구들과 고물상에 갖다 주고 받은 동전으로 맛있는 풀빵을 사먹던 추억도 있습니다.

겨울에는 제민천의 얼음이 꽁꽁 얼어서 썰매를 타던 일, 오후 들어서는 그 얼음이 녹아 물에 빠져서 젖은 양말을 말리다가 태워 먹던 일, 대보름 전후로는 깡통에 불타는 나무를 넣고 빙빙 돌리며 쥐불놀이 하던 생각도 납니다.

♧ 예전에 있었는데 지금은 사라져서 아쉬운 것들은 무엇이 있을까요.

동네 골목골목마다 딱지치기, 구슬치기, 땅따먹기, 고무줄놀이를 하면서 들려오던 아이들의 웃음소리, 동생들의 울음소리가 사라지고 적막강산처럼 된 원도심이 아쉽습니다. 예전에는 장날이면 약국 앞이 사람들로 가득 차서 다닐 수가 없을 정도였어요.

♧ 특히 기억에 남는 손님도 있으시지요.

공주사대부고에 다니던 학생이 사법고시 준비를 했는데 가정 형편이 매우 어렵다고 들어서 영양제를 선물하곤 했습니다. 한동안 잊고 있었는데 어느 날 그 학생이 고시 패스 후 검사가 되어서 감사 인사를 드리러 약국으로 절 찾아왔습니다. 무척 기쁘고 고마웠습니다.

♧ 평생을 바친 일에 대한 회고 및 앞으로의 계획은요?

원도심 약국에 내방하시는 분들은 대부분 노인분들이십니다. 만성질환에 시달리다 보니 거의 모든 분들이 해가 거듭될수록 약이 줄어드는 것이 아니라 점점 늘어나 약의 필요성과 독성을 잘 아는 전문가로서 답답하고 안타깝습니다. 하지만 그분들은 한 알 한 봉지라도 덜 복용하면 금방이라도 큰일 나는 줄 아는 어르신들이시지요.

고혈압, 당뇨, 고지혈이란 병명의 대사증후군으로 고통받는 분들께 적절한 약과 함께 운동, 식이요법, 생활 습관 등을 지혜롭게 알려드리려고 합니다. 그래야 약의 오남용을 줄이고 건강한 삶을 살아갈 수 있습니다. 주변 이웃 및 내방객들이 건강해질 수 있도록 돕는 이가 되겠습니다.

〈산성동노인회〉
최주옥 회장

산성동노인회장을 9년째 하시면서 사람과 사람을 보듬으며 살아가시는 최주옥 회장님을 만나 뵈었습니다. 며느님과 함께 고운 모습으로 단장을 하시고 아침 일찍부터 서두르시며 인터뷰를 기다리는데 떨렸다고 하시네요. 따뜻한 커피 한 잔을 마시며 제민천과 공주 원도심에서 보낸 이야기를 나누었습니다.

♧ 산성동노인회장을 하시게 된 때는 언제부터였는지요?

산성동에서 1971년부터 살기 시작했고 산성동노인회관이 생기고 회장을 맡아 임기 4년씩 두 번 하고 9년째 하고 있습니다. 30명의 회원들이 매일같이 모이지요. 몇 년 전에 공주시에서 야구선수 〈박찬호 기념관〉을 만들면서 주차장이 필요해 마을의 집들을 없애면서 회원들이 줄었습니다.

♧ 9년 동안 계속 할 수 있는 힘은 무엇일까요?

우리 동네를 정이 넘치는 곳으로 만들기 위해 노력했어요. 또한 좋은 노인회를 만들려고 애를 썼습니다. 제 임기 중에는 노인회에서 먹을 건강한 먹거리를 제공하려고 직접 텃밭에다 야채를 키우고, 함께 장도 담그고 있어요. 투명한 회계운영으로 모범 경로당으로 선정되기도 했습니다.

♧ 공주 원도심에서 보낸 어린시절 이야기를 들려주시지요.

봉황초등학교를 2학년까지 다니고, 이인면으로 이사를 했어요. 봉황초는 3반까지 있었고 한 반에 학생들이 50명 정도였어요. 입학식을 학교 운동장에서 했는데 가슴에 손수건을 달고 그 위에 이름표를 달고 있었지요. 그땐 코흘리고 다니는 아이들이 많았어요. 저도 그랬고요. 봉황초등학교는 부잣집 애들이 많이 다녔습니다. 저는 부잣집 행세를 못하고 다녔지요. 반장도 못했어요. 그 뒤 주봉초등학교로 전학을 갔는데 그때 학교는 지붕을 올리지도 못한 채 개교를 해서 학생들이 기왓장을 머리에 이고 가서 지붕을 올리는 데 역할을 했던 기억이 납니다.

♧ 공주 골목길에 관한 잊지 못할 추억이 있으신지요.

20대 때 친구들과 시장에서 국밥 사 먹던 일이 생각납니다. 호서극장 뒷골목에는 두 개의 직물공장이 있었어요. 고씨네와 한씨네로 젊은 여직공들이 많아서 나쁜 녀석들이 쫓아오고 그랬어요. 그래서 무서운 이 골목은 혼자 못 다니고 꼭 친구들과 떼로 몰려서 다녔습니다. 이 길이 지름길이었어요.

♧ 옛 호서극장, 공주극장에서 본 영화가 궁금합니다.

호서극장은 20살 때 남편과 결혼 전

"

우리 동네를 정이 넘치는 곳으로 만들기 위해 노력했어요.
또한 좋은 노인회를 만들려고 애를 썼습니다.
제 임기 중에는 어르신들에게 건강한 먹거리를 제공하려고
직접 텃밭에다 야채를 키우고, 함께 장도 담그고 있어요.
투명한 회계운영으로 모범 경로당으로 선정되기도 했습니다.

"

교제할 때 같이 갔던 곳이에요. 몇 년 동안 연애할 때 주로 저녁 시간에 영화를 보러 갔어요. 지금처럼 외식을 많이 하는 때가 아니라서 각자 집에서 저녁밥을 먹고 극장 앞에서 만났지요. 한번은 레슬링 선수 김일이 나오는 영화를 함께 보러 갔어요. 처음엔 여자들은 레슬링을 보는 사람이 없다고 안 된다고 했지만 레슬링이 궁금해서 제가 졸라서 같이 갔지요. 그때 가보니 극장 안에는 정말로 여자들은 안 보였어요. 무서우면서도 아찔아찔하고 신기했던 영화여서 지금도 생생하게 기억합니다. 친구 소개로 만난 그분과 이렇게 극장에서 정을 키워가며 결혼을 했지요. 주로 영화배우 김지미, 신성일, 윤정희 등이 나오는 영화를 많이 보았습니다. 최근에 함께 살고 있는 아들 며느리와 함께 가보았는데 예전에 굉장히 커 보였던 극장이 아니었습니다.

"왜 이렇게 쬐깐혀!"

♧ 제민천에 얽힌 추억을 말씀해주시지요.

결혼하고 제민천 변에서 살림을 시작했는데, 의료원 맞은편에 단독주택이었어요. 방 두 칸에 세 들어서 시부모님을 모시고 살았지요. 제일 힘들었던 때였는데 그래도 불편한 줄도 모르고 살았습니다. 수도가 있었지만 물이 많이 안 나와서 제민천에 가서 빨래를 했어요. 제민천 물이 깨끗했어요. 여름밤이

면 이웃 여자들과 제민천으로 목욕하러 갔고요. 한번은 큰애 낳고 몸조리를 잘 못해서 제민천으로 빨래하러 갔다가 어지러워 천변으로 굴러 떨어진 적도 있었어요. 빨래통을 들고 돌계단을 내려간 것은 생각이 나는데 정신 차리고 보니 병원이었어요. 지금은 이렇게 덩치가 좋은데 그때는 제가 너무 약해서 빈혈이 있었습니다. 다행히 크게 다치지는 않았어요.

또 그때는 형편이 어려워서 우리 식구가 세 들어 사는 주인집과 한 부엌을 같이 쓰니 별난 음식을 할 때면 그 냄새에 주인집 애들이 먹고 싶어 해서 주인이 밖으로 못 나오게 하기도 했죠. 그래서 식구들 먹을 것보다 조금 더해서 한 접시씩 주곤 했지요.

제민천 변에 살았던 1967년에 큰아들(김지호 대표)을 사대부고 근방에 있는 〈영생산부인과〉에서 낳았지요. 여자 의사 선생님이 아들을 받았습니다. 공주읍사무소에 가서 출생신고를 했어

요. 이곳은 제가 수도세를 내러 가기도 했는데 수도세가 생각보다 많이 나온 달에는 따지러 갔던 기억도 납니다. 악성 민원인이라기보다는 부족한 살림에 알뜰하게 살림을 하려는 주부의 마음이었겠지요.

식구들이 아플 때면 〈공제의원〉과 〈제세당한약방〉으로 달려갔습니다. 아들은 집에서 가까운 공주제일교회에서 운영하는 탁아소에 보냈지요. 얼마 전 야행 행사가 열리는 곳에서 아들이 다녔던 탁아소의 단체 사진을 발견했습니다. 5회 졸업생인데 한가운데서 웃고 있는 어린 아들의 모습이 어찌나 귀엽고 예쁘던지요. 지금도 그 모습이 남아 있어서 쉰 살이 훌쩍 넘은 나이에도 꽃미남 소리를 듣고 살아요.

이때 우리는 중앙약국 건너편 명성불고기 옆에서 밧데리 가게를 했어요. 그 후 공산성 쪽으로 이층 양옥집을 새로 지어서 이사를 갔습니다.

♧ 예전에 있었는데 지금은 사라져 아쉬운 것들은 무엇이 있으실까요?

지금 경찰서 있는 곳이 배밭, 자두밭이었는데 그런 곳들이 없어져서 아쉬워요. 시내에 있던 제일은행도 그렇지요. 남편이 월급을 타오면 한 푼이라도 들고 가 거기에다 맡겼어요.

♧ 현재 공주 원도심에서 우리가 지켜야 할 것은 무엇이고, 바뀌어야 할 것은 무엇일까요?

요즘 제민천과 봉황동, 큰샘거리 등이 새롭게 바뀌고 있는 걸 지켜보면서 아쉬움보다는 좋다고 느낍니다.

♧ 가장 행복했던 때는 언제이신지요?

처음 산성동에 내 집을 마련했던 때와 그곳에 2층 양옥집을 짓던 때가 가장 행복했던 때였어요. 남의 눈치 보지 않아도 되고 번듯한 내 집을, 그것도 2층으로 올리는데 가슴 벅찼습니다.

최근에 공주로 온 아들 내외와 함께 살게 되면서 금학동에 있는 아파트로 이사를 했습니다. 그 집이 비어 있게 되었는데 아들 며느리가 그곳에 한옥 게스트하우스를 만들겠다고 하니 고맙지요. 공사를 한다고 애들이 신경을 많이 쓰고 있어요. 아마도 내년 상반기에는 문을 열 수 있지 않을까 생각됩니다.

안녕…